徳 間 文 庫

ペンギン殺人事件

青 本 雪 平

徳 間 書 店

目次

退化じゃなくて進化なんだって――。
そう、彼女は言った。

思い返してみると、あの街には夏しか季節がなかった気がする。

それはあの頃の事を思い出そうとする度に、いつも蟬《せみ》のやかましい鳴き声がノイズのように流れ始めるからだろう。

日長あくびが止まらないくらいに長閑《のどか》な春の日も、しつこい暑さがまとわりつつも日ごとに肌寒くなっていく秋の日も、容赦《ようしゃ》無く降り積もる雪が、世界の音を吸い取っていくような冬の日も——。その追憶には常に、通奏低音のように蟬が合唱をしているのだ。

映画の内容そのものよりも有名になってしまった劇伴《げきばん》というものが存在するが、私の追憶にとっての蟬の声とは、きっとそれにあたるのだと思う。蟬は、実は七日よりは長生きするらしいが、夏という季節の峠を超えることはまずない。神経を逆なでてくるその音は、春や秋や冬にはまったく似つかわしくないはずだ。なのにその鳴き声は、まるでじりじりと焦燥を搔《か》き立ててくるかのように、そこに無くてはならない劇伴のように、頭の中のフィルムにこびりついて離れないのだ。

名前などに意味はないのだと常々思っているけれど、敢えて言うのならばその街の名は「四季《しき》ヶ原《はら》」といった。ネットで調べてみたところ、痩せ細った周辺の町々を吸収合併し出来たその街は、現在はもう存在しないらしい。人口が減少し続けた結果、さらにまた周辺の町々を吸収し、新たな名を冠した知らない街となっていた。

名前が変わっただけで中身は変わらないのでは？　という考えには頷《うなず》けない。名前などに意味はないということは確かだが、同時に名前は、その持ち主にとっては重要な役割を果たすものに違いないのだから。

かつて四季ヶ原と呼ばれた街——。少しの間、そこで私は過ごした。ちょうど、季節が一巡する間、私は確かにそこにいた。

四季ヶ原で過ごした日々を思い出す度に、蟬の声と共にもう一つ、別の生き物の声が脳内にこだまする。その何とも形容し難いその鳴き声と共に、何とも愛らしい動物のシルエットが、記憶のスクリーンに映写されるのだ。

人鳥——。人に鳥と書いて「ペンギン」と読む事を知ったのは、それからだいぶ後になってからだったが、その事実を知ったとき、妙に納得してしまった。二足歩行の珍妙な姿のその生き物は、見方によっては鳥というよりも人の形に近いようにも思える。

人に鳥と書くのであれば、あの四季ヶ原での愛《いと》おしい日々が、やはり幻などではないことが保証されるような、そんな気がしてならないのだ。

あの年。私が小学四年生だったとき——。私はたしかに四季ヶ原で季節を一巡りする間過ごした。あの街での日々は、今でも鮮明に覚えているはずなのに、それと同時に、まるですべてが幻であったかのようにも思えてくる。相反する二つの真逆の感覚は、ふわふわとしながらも、二つともたしかな実感として私の中に存在していた。

今、私は北へと進み続ける新幹線の車内で、古い日記帳を手にしている。四季ヶ原で過ごした日々――。その幻のようなたしかな日々について思いを馳せるとき、私はこの日記帳を取り出すことにしているのだ。

日記は厚みのあるハードカバーで、表紙には小さな南京錠で鍵がかけられている。革張りの装丁は、経年劣化と共に渋みを増した赤茶けた色合いになっている。およそ一般的な小学生の女の子が欲しがるようなものではないはずのそれを、なぜか私はねだったのだ。

南京錠に小さな鍵を差し入れて回すと、かちゃりと音を立てて記憶の扉が開く。

蟬がいつまでもやかましいあの街にいた頃に、私は引き戻されていく。一羽のペンギンと、私たちふたりが並んだ影が、陽炎《かげろう》の中に立ち上っているあの季節へと、回帰していく。

ペンギンになってしまったおじいさんと、シュウと――。あの街で私たちは永遠に続いていくように思えた短い時間を共にした。

春

少し、物悲しげな声だった。

一階から断片的に伝わってきたそれは、どうやら生き物の鳴き声のように聞こえた。擬声語で表すとしたなら「メーメー」だろうか。羊のように聞こえるが牛のようにも聞こえる。

当てはまりそうな動物を頭の中で挙げてみながら、柊也《しゅうや》は目覚めた。得体の知れないモーニングコールで目を覚ました後も、柊也はしばらくの間、布団の中でその奇妙な鳴き声を聞いていた。

枕元に置いた携帯に手を伸ばしディスプレイを見てみると、時刻は午前六時三分だった。季節は四月の終わり。窓から差し込む日がやたらと眩《まぶ》しい。どうやら昨夜はカーテンを閉めずに寝てしまったようだった。陽が沈むとまだ寒く感じる日もあるが、日中は暖かい。わずかに開いた窓から流れてくる風は春の匂いを含んでいる。

昨夜も日付をまたいでから布団に入ったので当然のようにまだ眠く、二度寝しようと試みるも、床の下から聞こえてくる謎の鳴き声は絶え間なく繰り返され、まどろみの向こうから次第に確かな輪郭《りんかく》を帯びてくる。

一体何なのか。何の声なのだろうか。最初はいつものように大音量で流されている居間のテレビだろうと決めつけ布団をかぶっていたが、それにしてはどこか生々しい響きのように聞こえてきた。

寝ぼけているわけではないらしいと確信した柊也は、仕方なく布団から起き上がった。嫌な胸騒ぎがした。床に散乱した空《から》のペットボトルを踏んで転びそうになりながら、階段を降りていった。

二階の柊也の部屋の真下には、祖父の秋雄《あきお》の部屋がある。どうやらそこから変な鳴き声が聞こえてくるようだった。いつもならとっくに起きているはずだ。座椅子に腰をかけて朝の情報番組を見ているはず——だった。

「うるさいんだけど」

と柊也が襖《ふすま》を開けると、そこに秋雄の姿はなかった。代わりに先ほどからやかましく鳴き続ける声の主が、そこにいた。

「メーメー」

祖父愛用の座椅子に鎮座していたのはペンギンだった。

南極に生息するというその珍妙な生物は柊也と目が合うと「メーメー」と余計にけたたましく鳴いた。

柊也は固まった。そして、一旦襖を閉めた。

そこにいるはずのないものがいたように見えた。

寝ぼけているのだろうかと手の甲を軽くつねって、ちゃんと痛いことを確認したのちふたたび襖を開く。

それでもやはり、ペンギンはそこにいる。

――なんで？

柊也はふたたび襖を閉めると家の中を回った。

居間、仏間、台所、トイレ、風呂場――。祖父の姿はどこにも見当たらない。座敷を往来しながらこの家はちぐはぐだなと、柊也は改めて思った。

築五十年は優に超えているであろうこの家は、工業高校で建築を学んだ祖父の設計で建てられたのだという。子供が生まれたり独立したり誰かが死んだりして家族構成が変わるそのたびに、祖父は無茶な増改築を繰り返した。

それは絶対に必要な改築ではなく、むしろ祖父の普請道楽的な側面が強かったと、親戚の誰かが言っていた。幾度となくリフォームを繰り返された家屋は、所々が古かったり新しかったりして、あちこちでつぎはぎだらけな印象を受ける。

裏庭の方に突き出た古い仏間の部分から新しい居間がある部分への敷居は、まるでつまずかせるために作られたような段差になっていて、無理やりくっつけられた証左のようだった。

祖父は最近では一日に何度もそこにつまずきそうに——たまに盛大に転んだりも——していた。周囲から何度も修繕するように迫られても、祖父は頑《かたく》なに首を縦に振らなかった。自分が設計したことへの意地なのだろう。今ではそんなことを忠告してくる人は誰もいなくなっていた。

異様にせり上がった敷居に足をかけると、寝癖で鶏冠《とさか》のように立った髪が鴨居《かもい》にかするのを感じた。

押し入れや天井裏、家中あらゆるところを探し回るも、祖父の姿は見当たらなかった。

どこかに出かけたのだろうか。そう思い至るが、すぐにそれはないなと否定する。

今年で八十になるはずの秋雄は、最近めっきり家の外に出なくなった。

とにかく歩くのが億劫らしく、二百メートル先のスーパーに行く時でさえタクシーを呼ぶ始末だった。それも滅多なことでは行かない。第一タクシーを呼ぶのには電話が必要で、耳が遠い祖父の代わりに配車要請はいつも柊也がおこなっていた。前日に予約の電話を入れた記憶はなかったので、祖父は家のどこかに必ずいるはずだった。

ふたたび、和室の襖の前に立った。

軽く深呼吸をしてから襖を引いてみる。

祖父の定位置にはやはりペンギンがいた。

メーメーと鳴くその珍妙な生き物に、ゆっくりと近づいてみると目が合った。

体長は五十センチほどだろうか。体毛は白と黒で、背面から頭部にかけては黒く、胸から腹部にかけては白い。胸には黒いラインが横に一本入り、腹には小さな黒い斑点模様が描かれていた。朝、ごみ捨て場で見かけるカラスのように、黒い部分はつやつやと生々しい光沢を放っている。嘴《くちばし》は黒いが所々にピンク色の部分が見られる。不意に、生臭い匂いが鼻をついた。それはぬいぐるみや標本などではない、紛れもなく本物のペンギンだった。

ペンギンと目が合ってしばらく沈黙した後、柊也は部屋を見回した。

六畳一間のこの和室で、秋雄は一日の大半を過ごす。部屋には不釣り合いなほど大きな薄型テレビとベッド、それに古めかしい戸棚があるだけで、いつもと変わりない。

「……じいちゃん？」

「メー」

おそるおそる話しかけてみるとペンギンは同じ調子で繰り返し鳴き続けた。その声の意味するところは肯定とも否定とも判断出来かねる。それでも柊也はこの不可解極まりない出来事を、なぜかすんなりと受け入れることができた。

祖父がペンギンになってしまったという事実を。

「メーメー」

とペンギンは翼をばたつかせ、少し前のめりになりながらひたすらに鳴き続ける。

柊也はしゃがんだまま適度な距離を保ちつつそれと対峙《たいじ》していた。

――一体どうして？

柊也が不思議に感じたのは、自分が眼前の珍妙な鳥類のことを祖父だと半ば確信しつつあることだった。「どうして」は祖父がどうして姿を消したということではなく、「どうして」ペンギンになったのだろうということだった。

一体、何が原因でペンギンになったのだろう。そんなことを考えてみてもわかるはずがなかった。昨夜、何かについて言い争ったようなそんな記憶はあるが、いまいち覚束《おぼつか》ない。

そうこう考えているうちに、強烈な眠気が襲ってきた。

柊也はメーメーと鳴き続けるペンギンを一旦置いて、部屋で二度寝することにした。考えるのが面倒になったこともあるが、ひと寝すれば状況が変わっているかもしれないという、なんの根拠《こんきょ》もない淡い期待を抱いたからだ。

自分の部屋に戻り布団に潜り込んでも、階下からは変な鳴き声が聞こえてきていた。とりあえず事態が好転するのを祈りつつ、ふたたび眠りに落ちた。


チャイムの音で目が覚めたのは昼の十二時頃だった。遠慮なく繰り返されるピンポンという音に呼応するようにペンギンが鳴く。生まれてから一番とも言える不快な目覚めに、柊也は舌打ちをしてから起き上がった。ふたたびペットボトルで転びそうになりながら部屋を出て、階段を降りていく。

誰だろう、と柊也は玄関の鍵を開けた。

玄関を開けると、紙袋を携えた小学生くらいの女の子が立っていた。

ショートカットの女の子はくりっとした黒目がちの丸い目で柊也をじっと見つめてきた。

「えっと……」

見知らぬ子供が一体なんの用だろう。柊也が対応に困って硬直していると、女の子は「はじめまして」と言い、ぺこりと小さな頭を下げた。

「イトカワハルです。今日からお世話になります。これは母からです」

あらかじめ用意されてきたようなセリフを早口で言ってから、少女は紙袋を差し出してきた。

「はあ、どうも……」

困惑しながら差し出された紙袋を受け取った。それなりに重い。中を覗《のぞ》いてみると、どうやら菓子折りのようだ。

状況を呑み込めないまま混乱している柊也の顔を、少女は不思議そうに見つめてきた。

二人とも、そのまま押し黙った。

――イトカワハル……。

頭の中で少女が告げてきた名を繰り返してみた。するとだんだん、どこかで聞いたことがある名前のように思えてきた。

「……ああ、うちのアパートの……」

たしか一週間ほど前に祖父から聞いた名前だった。

糸川晴《いとかわはる》――。

祖父が経営するぼろアパートに住んでいるという糸川さん。柊也はその糸川さんとは会ったことも話したこともなかったが、どうやら目の前の子が、その糸川さんの一人娘らしい。

「……今日からだっけ?」

柊也がそう訊《たず》ねると、糸川さんちの一人娘はこくりと頷いた。

「参ったな……」

独り言のように、柊也は呟《つぶや》いた。

面倒な出来事は重なるものだと常々思う。小四のとき、億劫に思っていた運動会の当日に母が亡くなったことのように、厄介事は続けて襲ってくる。

ちょうど今日から糸川晴という少女をうちで預かることになっていた――らしい。

らしい、というのは柊也が与《あずか》り知らぬところで、祖父と少女の母親が勝手に決めたことだったからだ。

小学四年生の女の子を平日の日中預かるということを祖父から急に知らされた時は、当然、柊也は反対した。だが、こうと決めてしまった祖父が周りの言うことに耳を傾けるはずがなかった。

結局、柊也はそれを受け入れるしかなかったのだ。

それにしても、祖父がペンギンになってしまった日と重なるとは――。

柊也は改めてタイミングの悪さに舌打ちしたくなった。

どうするべきか、柊也は玄関に立ったまましばらく逡巡《しゅんじゅん》していた。不安気に見つめてくる少女の視線で、自分の家にもかかわらず居心地が悪かった。

はじめはそのまま帰そうかと考えた。しかしその場合、晴の母親が訪ねてきたりして面倒なことにならないだろうか。約束が違う、祖父と会わせろなどと騒がれたりしたら困る。

「……とりあえず上がれば？」

柊也は少女を家に上げることにした。

大人を誤魔化すのは骨が折れるが、子供を騙《だま》すのは容易なはずだと踏んだからだ。

柊也が促すと、晴は「お邪魔します」と丁寧に脱いだサンダルを三和土《たたき》に揃えてから家に上がった。尿意を覚えた柊也はそのままトイレに向かった。

「うわっペンギンがいる」

と少女は驚きの声をあげた。その反応をトイレの中で聞きながら、柊也はやはり状況は好転してなかったと悟った。

「やっぱペンギンだよな」

トイレから出た柊也は、ペンギンと適度に距離を保っていた少女の背に確認するように声をかけた。

「うん。すっごくペンギン」

晴は興奮したように答えた。

「間違いない……よな？」

念を押すように訊《き》く。

「うん。間違いなくペンギン。絶対ペンギン」

「だよなあ……」

柊也は晴の反応から、自分が幻を見ているのではないかという懸念が拭えたことに少し安堵しつつも、それはそれでペンギンがいるという不可解な現実は変わらないことに気づき、ふたたびよくわからない状況であることを改めて思い知った。

「でもさ……」

と晴は振り向く。

「……どうしてじいちゃん、ペンギンになっちゃったのかな？」

「そうだな……え？」

少女の言葉はぼんやりとあれこれ考えていた柊也の頭に急に突き刺さってきた。

「……お前もこのペンギンがじいちゃんだと思うの？」

「うん。だって、そうでしょ？」

晴は即答する。あたりまえじゃん、とでも言いたげな表情で柊也の顔を見上げた。

「……ちなみになんだけど、そうだと言い切れる根拠は？」

「コンキョ？」

「理由って意味」

ああそういう意味か、と晴は頷いてからペンギンをじろじろと観察しはじめた。しばらくして突然「あっ！」と声をあげた。

「ここ！　ほら見て！」

と座椅子に座ったペンギンの腹を指差す。

少女の人差し指が指し示しているのは、腹に点々とある黒い斑点のうちの一つだった。

「それが何？」

わからないの？　と晴はなぜか勝ち誇ったような顔をする。

「ここだけ星形なんだよ。じいちゃんの頭についてたやつといっしょ！」

大きな目をぱちぱちさせながら、世紀の大発見とでも言わんばかりに、十歳の少女はそう言い放った。

そういえば祖父の額と頭の境界が曖昧《あいまい》になった部分にはいくつかシミがあって、そのうち一つにこれと似たような五芒星《ごぼうせい》があったような気がすると、柊也は思い至った。

それがペンギンが祖父であることを裏付ける決定的な理由にはならないはずだが、自信満々な晴の態度に思わずそうなのかもしれないと頷きそうになってしまう。

斑点の真相はともかく、目の前にいるのはペンギンであり祖父であることは間違いないらしい。自分の正気を疑いたくなる。柊也は十歳の子供が提唱する仮説をひとまず信じることにした。

「……とりあえず、飯にするか」

考えるのを一旦やめて、柊也は台所へと向かった。

「じいちゃん、どうしてペンギンになっちゃったの？」

晴は興味津々といったようすで話しかけていたが、ペンギンはメーメーと鳴くだけで当然会話になっていなかった。柊也は水を入れた鍋をガスコンロに置いて火にかけた。

「伝わんないだろ？」

台所から声をかける。

「うん。でもじいちゃん元々耳遠かったし、話が伝わらないのは元からじゃない？」

と中々に辛辣《しんらつ》なことを少女は無邪気に言ってのける。

「確かに」

柊也は冷蔵庫を物色しながら笑う。

祖父は以前からこの晴という少女と交流があったらしい。

晴は母親と一緒に今年の三月に祖父のアパートに引っ越してきたのだが、慣れない土地の新しい環境に馴染《なじ》めなかったのか、学校に通えていないようだった。晴の母親は看護師をやっていて家に不在の時が多いらしく、見かねた祖父が日中預かることになった——とのことだ。

「ねえ。触ってみてもいーい？」

呼ばれてリビングに続いた和室を覗くと、少女はペンギンと付かず離れずの距離を保ったまま見つめ合っていた。シュールな光景だ。

「いいんじゃない？」

「噛《か》まないかな？」

「さあ。噛むかもよ？」

「えっ？」

にじり寄っていた晴は動きを止め、大きな目を丸くして柊也を見つめてきた。

「……いや、噛まないだろ。……多分」

姿は変わっても祖父なのだ。自分たちに危害を加えることは無いはずだ、としゃがみ込んで恐る恐る触れてみることにする。

指先が羽毛に触れてもペンギンは動じなかった。思い切って手のひらで背中を撫《な》でてみても怒るような仕草は見せずに、黙ってそれを受け入れていた。その様子を見て安心したのか、晴もさっと近づきペンギンの腹を撫でる。

「うわあ……べたべたしているね」

つややかな見た目通りペンギンの毛並みは何やら得体の知れない脂でべたついていて、ゴムのような手触りだった。二人で触っていてもペンギンは嫌がる素振りは見せず拒まなかった。

ならばと今度は手のようにも見える翼を触ってみる。飛ぶ能力を持たないという翼は硬く関節もあまり動かないようだった。中には何かがぎっしりと詰まっているような印象を抱いた。飛ばないのならいっそ人間の手のように進化したほうが良かったのでは？　という疑問が柊也の頭によぎった。

「ぬいぐるみたいでかわいいね」

晴は無邪気にそう言ったが、手のひらに伝わってくる温もりは眼前のそれが確かに生きていることの証明でもあった。決して作り物ではないという現実を五感が示してくれていた。

改めてペンギンをよく見てみると先がピンク色の嘴《くちばし》や水掻きのついた足などには生物らしさが如実に表れている。特に嘴は硬質そうで、これで突かれたら痛いだけでは済まされないだろう。

凡《およ》そ祖父と外見上一致する点は見当たらないが、ただ一箇所だけ人間の時と相違ない箇所があった。

目だ。ペンギンの黒いつぶらな瞳は人間のそれとはもちろん違うが、それでも何となく祖父を彷彿《ほうふつ》とさせた。全てを諦めたような悟ったような窪んだあの目――それは、柊也がどうにも好きになれない祖父の目に他ならなかった。

しばらくの間無心でペンギンを撫でていると、台所から鍋が吹きこぼれた音がしてきた。

「やばっ」

柊也は慌てて台所に戻った。鍋の火を一旦止めて弱火で掛け直した後、さきほど切ったキャベツと冷蔵庫に残っていたいちょう切りの人参をごま油を引いたフライパンで炒める。肉がないか探してみたがあいにく見当たらなかったので、細かく切ったハムを更に加えた。

「お昼ごはんは何？」

「ラーメン。インスタントの」

和室から訊いてくる晴の質問に答えながらインスタント麺を三つ鍋に入れてしまった後で、柊也は祖父がもう昨日までの身体《からだ》ではない事に気付いた。入れてしまったのでしょうがないと、ひとまずそのままにして鍋をかき混ぜていく。

「それってさ。もしかして野菜入れる系？」

和室から晴の声が飛んできた。

「野菜入れるけど？」

「あたしのは入れないでね」

「…………」

初日なのに図々しいやつだ、と柊也は舌打ちをした。

ペンギンの分はどうしようかと、ふたたび冷蔵庫を開ける。やはり魚だろうかと物色してみるが魚の類《たぐい》は見当たらなかった。柊也も祖父も魚嫌いなため、滅多に魚は買わないのだ。

乱雑にあれこれ食品が詰め込まれた冷蔵庫の奥の方を探ってみると、仙台の親戚から送られてきた笹かまぼこが出てきた。賞味期限が一週間ほど過ぎているが問題無いだろうと、それを包丁で薄く切って皿に並べた。

「出来たぞ」

呼びかけると和室の襖を開けて晴がリビングへ来た。その後ろに続くようにペンギンがよちよちと歩いてきた。

「うわっ、歩いた」

少女は感嘆の声を上げた。そりゃ歩くだろうと呟きながら、そういえば人間の時の祖父も食事やトイレの時以外に定位置の座椅子から動かなかったなと改めて思った。

ペンギンは両手を広げおぼつかない足取りで進む。その姿は柊也に祖父の姿を想起させた。周囲から勧められても意固地になって杖は使わず、両手を広げバランスをとりながらすり足で歩くよぼよぼの老人の姿を。

「ほんとにじいちゃんみたい」

柊也の思いを晴が代わりに口に出した。

ペンギンはいつもの倍以上の時間をかけてリビングへとたどり着いた。人間だった頃の記憶は残っているのか、祖父がいつも座っている椅子の前で立ち止まった。

「じいちゃん座れる？」

晴が訊くとペンギンはメー、と一鳴きする。どうやら「座れない」と訴えたようだった。その思いを汲み取った晴はペンギンの脇に手を差し入れて抱きかかえようとする。

「あれ？　意外と重い……」

体長五十センチほどの小さな鳥類を持ち上げようとするも、少女の力ではペンギンはびくともしない。

「そんなに重いワケないだろう」

柊也が晴に代わるとすんなり持ち上がった。思っていたよりは重かったがせいぜい五キロくらいだろうか。

自分の席に乗せてやると、ペンギンはまたメー、と一鳴きした。礼を言ったのだろうか。

柊也はラーメンの入った丼をテーブルに二つ並べた。一つは野菜炒めを乗せた柊也の分で、もう一つは何も乗っていない晴の分だ。三人分の麺を二人で分けたからいつもより量が多い。

「あれっ？　じいちゃんの分は？」

晴が不思議そうな顔で訊いてくる。

「ペンギンはラーメン啜《すす》れないだろう」

柊也は薄切りにした笹かまぼこが乗った皿をペンギンの前に置いた。

「うわっ、何それ？　ペンギンの餌？」

「笹かまぼこ。人間の食べ物」

苦笑しながら笹かまを一枚指で摘みペンギンの嘴に近づける。ペンギンは首を傾げるような仕草を見せたあと、数秒じっとそれを見つめたまま固まった。そして次の瞬間、勢いよく笹かまに飛びついた。一瞬の動作だった。気づいた時には指先でつまんでいた白いかまぼこはペンギンによって丸呑みされていた。

「わたしもやりたい！」

晴は笹かまを一枚摘むと柊也の見よう見まねでペンギンの嘴に近づけた。ペンギンは口元のそれを食べ物と認識したのか、今度は迷うことなく飛びついた。

「すごーい」

少女はペンギンの動作がおもしろいのか、自分のラーメンが伸びることも構わず夢中で給餌を続ける。

「指。嚙まれないように気をつけろよ」

柊也が注意を促すと晴は「へーきへーき」と、ペンギンの頭より高いところに笹かまをぶら下げる。

「あ、口の中すごいよ！　みてみて！」

柊也は言われるがままペンギンの口の中を覗いてみる。

「うわあ……なんだこれ」

頭上にぶら下げられた笹かまに向かって開口した、ペンギンの嘴の中。そこには上も下も小さなトゲのような突起がびっしりと並んでいた。のほほんとした愛くるしい外見に対し、中には生物として獲物を捕獲するための荒々しさを内包しているようだった。

「なにこれ、キモいね」

晴はさらりと率直な感想を述べた。

「そんな正直に言わんでも……」

「だってキモいし」

悪意はないようだったが目の前のペンギンは仮にも祖父なのだが。そう柊也は思ったが、ひたすらに笹かまに食らいつく姿を見ていると本当に祖父なのだろうかと、また堂々巡りに陥りそうになった。

晴によって次々と出される笹かまをペンギンは器用に食らい続けていた。少女は指先の笹かまに飛びついてくるペンギンのことなど、まったく恐れていないようだった。

秋雄は決して柊也を叱責することはなかった。それは柊也が生まれてから昨日まで徹底されていた。

小学校の時ボール遊びで近所の窓ガラスを割った時も、中学校の時コンビニで万引きした時も、高校をろくに相談もせず勝手に退学してしまった時も、決して孫を怒ろうとはしなかった。

柊也の目には自分がどんな状況になろうと絶対に庇護してくれる祖父の存在が、時折不気味に映った。

少女と戯れるペンギンの様子をぼんやりと眺めながら、柊也は思う。

果たして、なぜ祖父はペンギンに変容してしまったのだろうか——。

「たのしかったね」

「そうか？」

うきうきしているようすの晴に、柊也は気の無い返事をする。本当は気持ちが少し昂《たか》ぶっていた。

何かが大きく変わっていくような、そんな漠然とした期待を抱いてどこかわくわくしている自分に気がついていた。


午後八時。家から歩いて十分ほどの場所にあるアパートに晴を送ったところだった。晴は結局昼からずっと柊也の家で過ごした。夕飯を食べ終わった後もペンギンと化した祖父と遊びたがった。「持って帰っちゃダメ？」と請われるも流石《さすが》に祖父を持ってけとは言えず、断ると、渋々引き下がったのだった。

「このこと、誰にも言うんじゃねーぞ」

「どうして？」

「色々面倒だから」

祖父がペンギンになったなんて誰も信じないだろうが、万が一露呈した場合の説明やらその後の手続きなどを思うと、果てしなく気が重くなった。

いいか絶対だぞ、と柊也は念を押すように言う。

「うん、わかった……ねえ、明日また遊びに行っていい？」

「いいもなにも、なんかそういう約束みたいだし……」

そう返すと晴はえへへ、と笑う。

「じゃあ、また明日ね」

晴はそう言うと外付けの階段を上っていった。

晴が二階の柵からひょこっと顔を覗かせて、馴《な》れ馴れしく呼びかけてくる。

「あ、そうだ。シュウ！」

「虫じゃなくてよかったね」

「は？　何？」

「変わったのがペンギンでよかったね。でっかい虫だったら可愛くないもん」

そりゃそうだろうと思いながら、柊也は曖昧な返事をする。

「鍵かけろよ」

とりあえず流してそう返しておくが、

「わかってるし！」

と小生意気な返事が頭上から降ってきた。

はじめこそ緊張していたようすだったが、晴は人懐っこくなかなか賢そうな子だった。そしてなぜかペンギンになった祖父のことをあっさりと見抜いて受け入れてしまうくらいに、独特な感性を持っている子供のように柊也には思えた。

晴が二階の部屋に入るのを見届けてから柊也は帰ろうとしたが、思い直してそのままアパートの石段の上に座り込んだ。足元に目をやると伸び放題の雑草の中から一輪のブタクサが揺れていた。踏まないようにと、少し足を端に寄せた。

川沿いの狭い道路に面したこのアパートは、横並びになった他の家々と同様に、道路から一段高くなったところに建っている。元々祖父が最初に家を建てたのはこの場所だったらしい。それが大雨で川が氾濫した際に流され、今の小高い丘になった土地に移ったのだという。祖父が市役所を定年退職した際に土地をふたたび買い戻して、このアパートを建てた——と聞いていた。

築三十年ほどになる建物は決して新しいとは言えず、周りに相次いで建っている真新しいアパートと比べるとおんぼろといっても過言ではない。それでもひと月二万円という家賃の安さで、計六室の部屋は退去者が出てもすぐにまた埋まるような状況だった。

石段に座りながらぼんやりと川の流れる音を聞く。水の流れは穏やかなようで、緩やかな水音が伝わってくる。時折草とごみが混じり合ったような生臭い匂いが立ち込めてきた。

気温は日中に比べると少し下がってきたようだった。春先とはいえ、朝晩は冷え込む日が多い。柊也はすぐ戻るつもりで薄手の長袖のTシャツで来たことを少し後悔していた。

弱々しい街灯に照らされた狭い道路を何人かが足早に通り過ぎて行った。歩いている人たちは皆学生だったり勤め人のように見えた。アパートの石段に腰をかけた柊也のことを、誰も気に留めはしない。眼前を通り過ぎていくこの人たちは、朝に家を出て夜に戻ってくるのだろう。

人々の日常の当たり前の営みに、柊也は思いを馳せていた。

「通りたいんだけど」

そのまま十五分ほど経《た》った時だった。空はすっかり暗くなり、殊更に肌寒くなってきていた。柊也が身を縮こませて俯《うつむ》いていると、不意に頭上から声がした。

顔を上げると、若い女が立っていた。カーキ色のフライトジャケットにデニムという出で立ちの茶髪の女は、片手にコンビニの袋をぶら下げたまま柊也を見下ろしていた。街灯のせいか顔がひどく青白く見え、切れ長の目と相まってどこか冷たい印象を受けた。

「……そこ、通りたいんだけど」

急にかけられた言葉の意味を呑み込めず固まった柊也に、女は表情を変えないまま
そう繰り返した。

「あんたが邪魔で通れない」

そこまで言われて柊也は女がアパートの住人であるということを理解する。

「……どうぞ」

柊也は身を縮こませて、人ひとりがぎりぎり通れるくらいのスペースを作った。

女は訝《いぶか》しげに柊也を見てきたあと、何も言わずに石段を上っていった。通り過ぎるときにバニラのような甘い香りが柊也の鼻をかすめた。柊也がうっかり踏まないように気をつけていたブタクサを、女は気にも留めずに踏んづけていった。

柊也はぺしゃんこになったブタクサを見つめたまま、背後で鍵が開けられて扉が閉まる音を聞いた。

それからすぐに一階の一室に明かりが点《とも》り、道路に面したベランダの窓がガラガラと音を立てて開いた。

「ふつうさ」

一階の狭いベランダから身を乗り出して、女がぼそりと呟く。

柊也の位置からは女の横顔を見上げる形となる。女は正面の道路を見据えたままこちらを振り向かずに続けた。

「退《ど》かない？　こういうときって」

女の口調は怒っているという感じではなかったが、どことなく呆《あき》れたというニュアンスが混じっているかのように聞こえた。

「……退きましたけど？」

柊也は反論を試みた。

「……いや、退いたって言わないでしょ。あれは。ふつう」

女は苦笑しながらタバコと携帯灰皿を取り出した。

「……そうですかね？」

「そうだよ」

しゅぽっというライターの音がしてタバコに火が灯《とも》る。程なくして甘い香りが漂ってきた。

「だいたいさあ――」

と女は錆《さ》びついた鉄の柵にもたれかかるようにして、ようやく振り向いた。

「──キミ、ここの住人？」

「いえ、違いますけど……」

「じゃあ不審者じゃん。人んちの前に座り込んでさ……通報されても文句言えないよ」

　女は赤茶色のレザーの灰皿に灰を落とした。

「……不審者じゃないです」

　弱々しく答えると、女は懐疑のまなざしを向けてくる。

「じゃあそこで何してんの？」

「ぼーっとしてました」

「何だよそれ。そのうち変な奴に絡まれるぞ」

「え？　誰に？」

「おまわりとか酔っ払ったおっさんとか変な女に……てか、それあたしか」

　女は自虐気味に言っておいて可笑《おか》しいのか、けたけたと笑い声をあげた。なんだかリズミカルな笑い声だった。

「なんすか、それ。ていうか今現在叱られてますけど……」

　ああ、そうなっちゃってるね、と女はまたけたけた笑ってから煙草を燻《くゆ》らせた。バニラの甘ったるい香りが辺りに充満して、川の匂いに上書きしていく。

「……で、実際のところ人んちの前で何してたワケ？　怒らないから言ってみ」

「いや、人んちではないでしょう」

柊也はふたたび反論を試みた。

「人んちではないって、アンタここの住人？」

「違うけど、無関係ではないです」

「え？　じゃあ、何なのさ？」

「ここの大家の孫です」

道路の向こうからヘッドライトの明かりが近づいてきた。車は冷たい風を引き連れて勢いよく走り去っていった。女の茶色い髪がなびく。青白い顔がさらに白くなったように見えた。

「……まじで？」

「まじっす」

「大家の名前は？」

「鳴海《なるみ》秋雄」

「あー、まじかあ……うん、なるほど」

明らかに女は動揺しているようすだった。やらかした——とでも言いたげに。

「あっ！　でもよくよく考えたらあたし、大家さんの名前知らなかったんだ！」

「じゃあ、本当かどうかわかんないじゃないですか」

「うん、わからんな。だから、君が嘘をついている可能性は捨て切れない」

「嘘じゃないですけど……」

「ほんとにい？」

にひひ、と悪戯《いたずら》っぽく笑うと、女は「まあいいや。ちょっと待ってて」と部屋の中に戻っていった。しばらくしてまたベランダに出てきて、ビニール袋をぽんと柊也に投げてよこした。なんとかそれを受け止める。

「君がほんとに大家の孫かどうかはわからんけどそれ、受け取って。もし本当だったときのお詫びのしるし。……じゃあ、夜も遅いのでこれで」

「はあ……」

女は一旦首を引っ込めてから、「あっそうそう」と顔を出した。

「一〇一号室のツチダです。ツチダナツキ」

女は名乗るだけ名乗って手早くまた部屋の中に消えて行った。

柊也は呆気《あっけ》にとられてしばらくそのままの状態で座っていた。女がふたたび姿を現すことはなかった。それにしても——。

——アパートにあんな住人いたっけ？

柊也は入居者を把握しているわけではなかった。家賃の受け取りなど住人とやりとりをするのは専《もっぱ》ら祖父の秋雄で、柊也が顔を知っている住人はほとんどいない。

糸川母娘以外に女性、とくに若い女が住んでいるということを祖父から聞いた記憶はなかった。

——帰るか。

考えても仕方がないと、石段から腰を上げた。腕の中に残されたビニール袋の中身を確かめてみると、小包装された笹かまが五つ入っている。

いずれも賞味期限は切れていた。

翌朝目が覚めても祖父はペンギンの姿のままだった。次の日もそのまた次の日も、祖父はもう何年も前からそうだったかのようにペンギンとして、定位置の座椅子に馴染んでいた。

柊也はその奇妙な現象を、自分でも驚くくらいにすんなりと受け入れていた。はじめは毎朝元に戻っていないだろうかと思いながら和室の襖を開いていたが、徐々にそういった気持ちは薄れていった。

祖父が人間でいた頃よりもやらねばならないことが増えたが、気持ち的には快適に過ごせるようになっていた。

晴は毎日のように訪れるようになり、必然的に二人と一羽で過ごす時間が増えていた。

「フンボルトペンギンっていうんだって」

祖父の変身から一週間ほど経ったころだった。図書館で借りてきたという分厚い図鑑を見せながら、晴は言った。

「フン……何だって？」

「フンボルト。ほら、これ」

晴が指差すページに写ったペンギンと、座椅子にいる祖父の姿を見比べてみると、形や特徴がそれぞれ一致していた。

「ちょっと見せて」

と柊也は晴から図鑑を受けとり目を通す。

フンボルトペンギンというそのペンギンは主に南米のチリやペルーの海岸周辺に生息しているらしい。

柊也はペンギンといえば南極とか寒い地域にいるものだと思い込んでいたが、フンボルトペンギンは比較的温暖な地域に生息しているという。気候の関係から日本の水族館や動物園で飼育されているのは主にこの種である、と図鑑には書かれていた。

しかし、なぜペンギン。その中でもなぜフンボルトなのだろう——と、柊也は思う。まさか日本の環境で飼育しやすい種類にわざわざ変化してくれた——ということなのだろうか。

ペンギンには殊の外色んな種類がいるらしい。図鑑にはフンボルト以外にもエンペラーペンギンだのジェンツーペンギンだの計十八種類のペンギンが載っていた。

「じいちゃんはフンボルトって感じだよね。ぴったり」

と晴が唐突に言う。

「なんで?」

「なんとなく。頭の感じとか似てるじゃん」

少女は意味ありげに笑った。

「……ああ、確かに」

祖父は禿げていたから派手なトサカのあるイワトビとかマカロニでは似合わない。

柊也はパラパラと図鑑を捲《めく》りながら思わず苦笑する。

「メーメー」

　とペンギンはひと鳴きした。こちらの言っていることが理解出来ているのだろうか。たまに柊也と晴の会話に合いの手を入れるように鳴いたりしてくるときがある。

「じいちゃん、聞こえてたの？」

　晴が訊ねると、ペンギンはまた「メーメー」と鳴く。

　この一週間、晴はペンギンと化した祖父に話しかけて積極的なコミュニケーションを図ろうとしていた。

「何て言ってるの？」

　からかうように訊いてみる。

「うーんとね……お腹すいたって！」

　と晴が通訳する。少女曰《いわ》く、ここ最近はちょっとだけ会話できるようになった――らしい。

「ぜってー嘘だろ」

「嘘じゃないし」

　晴が抗議の声をあげるが、それを無視して柊也は台所に足を運んだ。通訳の真偽はともかくちょうど昼飯のころだった。

冷凍庫を開けると一昨日買った鯵《あじ》の切り身が残っていたので、それを取り出す。

ペンギンに変容してから特に悩んだのが食事の問題だった。最初は取りあえず笹かまをあげていたが、さすがにそれでいいのだろうかと心配になり色々調べてみるとペンギンの主食はやはり魚類で、その中でもカタクチイワシ、サヨリやニシンなどを食べるらしい。

その他には甲殻類やイカやタコなどの頭足類も食べるのだという。スーパーの鮮魚売り場に赴くと、鯵が一尾売られていたのでとりあえずそれを買ってきて、動画サイトに上がってた「魚の捌《さば》き方」を参考に、はじめて触る生魚のぬるぬるとした感触に悪戦苦闘しながら一口サイズに切ってみた。

へたっぴだねえ、と晴には昨日散々からかわれたが、魚なんて捌いたことがなかったのだから仕方がなかった。

「ほらよ」

電子レンジで半解凍させた鯵と土田菜月《つちだなつき》からもらった賞味期限切れの笹かまを皿に乗せてもっていく。

「あたしがやる！」

と晴は柊也から皿をぶん取った。晴は積極的に給餌役を買って出るので、柊也としては内心助かっていた。

「手、噛まれないようにしろよ」

　と注意すると、

「んーはいはい」

　と生返事が返ってきた。

　あの硬質な嘴で噛まれたら正直ひとたまりもないと思われるが、今のところ二人とも噛まれるようなことはなかった。

「じいちゃん、ご飯だよ」

　と、少女は健気《けなげ》に声をかけている。

　柊也と同様に魚嫌いの祖父だったが、ペンギンと化してからは文句を言わずに——もっとも言いたくても言えないのだが——魚を黙々と食らうようになった。

　柊也が台所に戻り、自分たちの昼飯の支度をしていると、突然「あっ！」と晴が声を上げた。

「どうかした？」

　鍋に火をかけながら和室に向かって声をかける。

「うんこ！　じいちゃん、うんこした！」

「飯どきにうんこうんこ言うなよ」

「やばい！　くさい！　どうすんの？」

一大事とでも言いたげに、少女は喚《わめ》いた。

「トイレにバケツあるから、お前やっといて」

「えー、シュウがやれば？」

給餌には積極的な晴だったが、糞の始末には消極的だった。もっとも、柊也はそのどちらにも積極的ではなかったのだが。

「今、手が離せないんだよ」

「たまにはシュウがやりなよ。シュウ、ぜんぜんやらないじゃん。じぶんのおじいちゃんでしょ」

と少女は正論を吹っかけてくる。

わかったよ、と舌打ちをして鍋の火を止め和室に向かう。

和室では、晴がペンギンと距離を保ちつつ鼻をつまんでいた。ペンギンの住処《すみか》と化したこの部屋は、全体が独特の臭気で覆われている。一歩足を踏み入れると生臭いペンギン臭と糞の強烈な臭いが鼻をついた。

畳敷きの和室には全面にブルーシートが敷かれている。その中央、座椅子のよこにちょこんと立ったペンギンの隣には白い半液状の物体が一つ。これがペンギンの糞で、色は白く人間のそれとは異なる種類の臭いがする。

柊也はゴム手袋をはめて柔らかい白い糞を雑巾で拭き取った。

「食べながら出してんじゃねーよ」

と愚痴るとペンギンは「メー」とひと鳴きした。気持ち申し訳なさそうにも聞こえる。

「ごめんな、だって」

鼻をつまんだまま晴が代弁する。

うそつけ、と柊也は内心で毒づいた。

五月に入った。その日は祝日で、午後三時の駅前のファミレスは主婦らと高校生のグループでほぼ満員だった。

柊也が二人がけのテーブルで居心地悪そうに俯いていると、何やら視線を感じた。

顔を上げると正面向こうのテーブルに座った女子高生三人のグループが、こちらをちらちらと見てきていた。ぱっと見たところ知らない顔だったし、柊也が通っていた高校の制服ではなかったが、もしかしたら中学で同級生だったのかもしれない。

これだからファミレスで待ち合わせは嫌なんだよ、と内心でボヤきながら携帯を見るふりに集中する。

「よお、さすが早いな」

いつもの軽い口調で宗像拓人《むなかたたくと》が現れた。遅れたことを謝るでもなく、やたらとでかいショルダーバッグを膝にのせて二人がけの柊也の正面に腰掛ける。

「元気してたか？　暇人《ひまじん》」

茶化すように言ってくる宗像に、柊也はまあ、と曖昧に返事をした。

宗像はメニューを手に取った。パラパラとめくってから食器を下げに来た太ったウエイトレスをじろじろと見た。それからちらりと柊也に視線を向けた。

「あの……すいません」

柊也が声をかけると、ウェイトレスは片手に空いた皿を持ったままオーダー用紙を取り出した。

「うーん、ドリンクバーで」

宗像がそう言ったので柊也はドリンクバー一つ、とウェイトレスに伝えた。

「はあ……」

ウェイトレスは怪訝そうに柊也を見てくる。

「あ、やっぱ取り消し。フライドポテトで」

宗像がそう言ったので柊也はフライドポテト一つ、と訂正した。

大学生のアルバイトだろうか。丸々とした顔のウェイトレスは一瞬、どこか不機嫌そうな表情を浮かべてから厨房へと下がって行った。

「おい、見たかあいつ？　やべーな」

ウェイトレスに聞こえるか聞こえないかの距離で、宗像は囃《はや》し立てた。

「あんな女抱く男の気が知れないよなあ……」

おしぼりで神経質そうに手を拭きながら、宗像は口元を歪《ゆが》ませた。

「……お前もそう思うだろ？」

宗像の問いかけに、柊也はああ、と気のない返事をした。

「なんだ？　お前ああいうのが好みなワケ？」

ギャハハ、と大口を開けて宗像は笑った。

「別に、違うし」

と柊也は小さな声で否定した。

宗像と柊也は小学校の時からの腐れ縁だ。

柊也にとって宗像は自分と真逆の存在で唯一の友人と呼べる存在だった。

だから、高校を退学してからも、こうして呼び出されれば素直に応じていた。逆に宗像が柊也のことをどう思っているのか、よくわからなかった。少なくとも対等な友人として付き合ってはいないのだろうと、柊也は薄々感づいていた。

宗像拓人は背も高く顔もそこそこ整っている。ズバ抜けて頭が良いわけではないがテストでは要領よく点数を取り、そこそこ成績は良い。そこそこ運動もできてそこそこ清潔感がある。加えて口が達者で弁がよく立つ。「口から先に生まれた」という表現がぴったりの男だ。

宗像拓人はよく嘘をつく。それはもう病的と言っても過言ではないくらいに。宗像の嘘は巧妙で、彼が嘘つきだと感づいている人は少ないだろう。

この嘘つきのことが、柊也は嫌いだった。

それでも何かあるたびに、二人はこうして顔を突き合わせて話し合うのだった。

「で？　最近どうよ？」

一通り笑い終えたあと、宗像は訊いてきた。

「どうって？　何が？」

「いや、ほら。女とかいないの？」

にやり、と宗像は意地の悪そうな笑みを顔に浮かべた。

柊也は素っ気《そけ》なく答えてしまってから、なぜか頭に菜月の顔が浮かんできた。先日会ったアパートの不思議な住人のことが、頭の片隅にずっと引っかかっていたのだった。

「別に。いないよ」

「だよなあ。お前、ニートだし」

こちらの反応を窺《うかが》うように、宗像は言った。

柊也は特に関心のない風を装って、愛想笑いを返した。

「ニートじゃねえし」

空になりつつあったグラスのコーラを音を立てて吸った。

「毎日何してんの？」

宗像はじろじろと、人を値踏みするような目つきで見てきた。

「家にいて……じいさんの世話、とか」

「ふーん……あとは？」

「あとは……別に。それだけ……」

小学生の女の子と家で過ごしているとは口が裂けても言えないだろう。

「つまんねえ毎日だな」

小馬鹿にするように、宗像はそう言い捨てた。柊也は自嘲するようにはは、と笑った。実際は祖父がペンギンになってからは単調だった日常が変わりつつあったのだが、それが楽しいのかは自分でもよくわからなかった。

「あ。そういえば、変わったことがあったんだった」

柊也は思い切って言ってみることにした。

「え、何よ？」

「いや、実はね……」

とわざとらしくもったいぶってみる。

「……実は一週間ほど前からさ、じいちゃんがペンギンになってる」

二人の間に数秒間の沈黙が流れた。そのあとに宗像はにこりともせずにわざとらしいため息を一つつく。

「……お前さ。嘘が下手《へた》すぎ」

嘘つきのくせに、宗像は誰よりも他人のつく嘘に厳しい。

どこからか「何あれ、やばくない？」という声が聞こえてきた気がした。

宗像と別れた後は銀行へ向かった。ＡＴＭで祖父の通帳から今月の生活費分だけを下ろす。月初めの柊也の役目だった。記帳された通帳を確認すると、いつもであれば先月のアパートの家賃が六室分振り込まれているはずだったのだが、一部屋ぶんの額が足りていなかった。

おかしいなと思いつつ帰路につくと、家の玄関前に若い女が立っていた。肩まで伸びた茶髪の細い女。片手には何やら黒い紙袋をぶらさげている。

「なにか用ですか?」

と柊也が背後から声をかけると、女はびくりとして振り向いた。

「あ」

と二人は声を揃えて言っていた。

女は先週会った一〇一号室の住人、土田菜月だった。

「あんた、この前あった自称大家の孫だよね?」

「自称じゃなくてほんとに孫です」

「まさか本当だったとは……」

土田菜月はじろじろと柊也の顔を見てくる。ここに至るまで、柊也のことを疑い続けていたようだった。

「まあ、いいや。ところで、大家さんいらっしゃる?」

菜月は少し言いづらそうに切り出してきた。

「えっと……今いないです」

いるにはいるのだけど、あの姿の祖父を人前に出す訳にはいかなかった。

「どっかお出かけ？」

「いや、まあ……はい」

「いつ頃戻られるの？」

「いや、いつと言われてもしばらくは……」

柊也はしどろもどろになりながら答える。こういう時宗像ならもっとスラスラと適当な嘘を並べたてるんだろうなと思いながら、必死に考えを巡らせた。

「……その、親戚の家に行ってて……遠くの。だからここ何ヶ月かは家を空けてるんです」

「あー……そうなのね。困ったなあ」

なんとか絞り出したホラを菜月は信じてくれたようだった。

近くで見ると女はやたらと痩せていた。青白い肌と相まって深刻な栄養不足のように見える。顔はとても小さく、背は柊也よりわずかに高い。涼しげな目元が印象的で美人と言えなくもない。綺麗なのだがそれよりも不健康そうな印象が先にくる。

「あの、何か用があるなら俺が伝えておきましょうか？」

柊也は切り出した。もちろん、ペンギンに伝えたところで意味はないのだけれど。

「うーん……君に言うのはあれなんだけど……」

と菜月は少し躊躇《ためら》う素ぶりをした後、覚悟を決めたかのようにいきなり深々と頭を下げて、プリンのカラメルの部分のように黒くなった頭頂部を見せてきた。

「今月のお家賃。待っていただけないでしょうか！」

「……はあ、家賃ですか」

「そう、家賃！　ちょっと今ワケありでして。余裕ができたら耳を揃えて返しますんで」

なるほど、と合点がいった。どうやら通帳に振り込まれていない一部屋分は、一〇一号室の分だったらしい。

「ああ、いいっすよ。別に」

「え？　いいの？」

青白い女の頬がほんのり赤くなったように見えた。

「はい。払えるときでいいんで……」

一部屋分の家賃が入らなくても、今すぐ困ることはないだろう。祖父には年金もあるし通帳の数字からそれなりの貯蓄があることも柊也は把握していた。何より無理に取り立てて面倒なことになるのは御免だった。

柊也の言葉に安心したのか、菜月の表情がぱっと明るくなった。

「まじで？　少年！　キミ、いい奴だな！」

菜月がにひひと笑うと、はじめの冷たい印象が少し和らいだ。

「お礼にハグしてあげよっか？」

「いや。いいです」

柊也は丁重に断りを入れる。

「えー。照れてるのかい？」

「いや、ほんとマジ勘弁っす」

「……そんなに嫌なのかよ」

菜月は不満げに口を尖《とが》らせた。それから訝しむような目つきに変わって「でもさ」と続けて訊いてきた。

「でもさ、君がいいって言っても大家さんの了解は得られるワケ？」

「……しばらく帰ってこないんで、アパートのこととかは一頻《ひとしき》り任されてるんです」

「ふーん……」

菜月は何か言いたそうに柊也を見つめてきた。追及されるのだろうかと柊也は内心焦っていたが、結局それ以上深く訊ねてくることはなかった。

「そっか。じゃあ、また来るわ」

と言い残して菜月は帰っていった。

柊也はその後ろ姿を見送りながら、しばらく呆気にとられていた。

――まさか、バレてないよな……。

柊也は玄関前に立ったまま耳をすましてみたが、中からペンギンの鳴き声が漏れ聞こえてくる事はなかった。

なるべく窓を開けないように気をつけていたのだが、これからどんどん暑くなっていくので外出中でもエアコンをかけなければならないだろう。

気がつくと菜月の姿はもう、見えなくなっていた。

また来る――と、彼女は言った。

それがいつ、何の用事で来るのか、またどのタイミングで来るのか見当もつかないことが、柊也の不安を掻き立てた。

気がついたらゴールデンウィークが終了していた。世と家の時間の流れるスピードは違うのだろうか、と柊也は感じることがある。特に祖父がペンギンになり、晴が来訪するようになってからは、時の流れが速いような遅いような、随分と出鱈目《でたらめ》な速度で流れていっているような、そんな感覚に陥ることが多くなっていた。

六月。

じめじめと鬱陶《うっとう》しい梅雨《つゆ》の季節に入り、祖父のペンギン臭が一段と部屋の中に籠《こも》るようになっていった。和室に敷いた新聞紙は毎日取り替えるようにしていた。そうしないとフンの臭いがひどく、頭痛までしてくるようになるからだ。

毎日新聞紙を交換しても、ペンギン本体の臭いは日に日にキツくなっていった。流石にキツイので物置小屋からビニールプールを取り出してきて、庭で身体を洗ってやることにした。

「いいなあ、じいちゃん。お庭でプールに入れて」

と晴は羨ましげに呟いた。

「そうかあ?」

柊也は素手でゴシゴシと祖父の身体を洗いながら、もし祖父が人間のままだったら絶対にこんなことしてやらないなと、ぼんやり思った。

「ねえねえ。夏になったらさ、一緒に入っていい?」

「ペンギンと行水とか、お前正気かよ」

桶で上から流してやると、身体のベタつきが幾分ましになったように感じた。身体の脂分を完全に落とすのはダメらしいのでシャンプーは使わない。

すっきりしたように、ペンギンはプールの中をすいすいと泳いでみせた。

「じいちゃんすごーい」

晴は驚嘆の声を上げる。

たしか祖父はカナヅチだったはずだが、ペンギンになってからは泳げるようになったようだった。

本能の赴くままに泳ぎを楽しんでいるようすを、柊也はぼんやり見つめていた。

日記の書き起こし
4月21日

今日から昼間は、大家さんのおじいちゃんの家に行くことになった。

おじいちゃんとは前にちょっとだけ会ったことがあった。とてもやさしそうな人に見えたからそれは安心していたけれど、おじいちゃんと住んでいる孫と会うのはちょっとだけこわかった。私は人見知りだから、うまく話せるか自信がなかった。

げんかんの前まで来てチャイムをおすまでに、すごく時間がかかってしまったから、けっきょく、ハルにたのみこんで代わってもらうことにした。ハルはだれにでもものおじしないから、きっと私よりもうまくやってくれるはずだからって。ねむっていたところをたたきおこされたハルは、ものすごくふきげんそうだったけれど、いやいや引き受けてくれた。

はじめて会ったシュウヤという男の子は、なんだかとてもぶあいそうな人だった。ぼんやりとしていて、わたしたちのことをかんげいしている感じには見えなかったから、やっぱり来ないほうがよかったのかなって、そう思ってしまった。

家に入ると、ペンギンがいた。

本物のペンギンを見るのははじめてだったし、ふつうの家にどうしてペンギンがいるのか、さいしょはわからなかったけれど、ハルはすぐにペンギンがおじいちゃんだってわかったみたい。

どうしてわかったの？　って後できいてみたら、ハルは「人が虫になった話」を教えてくれた。なんでも、朝起きたら虫になっていた男の人がいるらしい。人が虫になるのなら、人がペンギンになってもおかしくはないじゃん、っていうのがハルの言い分だった。

ハルがそう言うのなら、きっとそうなんだろうと、私はなっとくした。ハルは私が知らないことを、たくさん知っている。ハルは私よりかしこくて、あいそが良いからだれとでも仲良くなれる。

今日もペンギンになったおじいちゃんとシュウと、すぐに仲良くなっていた。私だったらきっとすぐにうちとけられなかったと思う。

ハルは私にできないたくさんのことを、かんたんにこなしてしまう。なんでこんなこともできないの？　っていう感じで。ハルができなくて私ができることなんて、せいぜい野菜を好ききらいなく食べられることだろうか。今日もハルは、お昼ごはんのラーメンに野菜を入れないでってずうずうしくちゅうもんしていたし。

はじめてさわるペンギンはとてもかわいかったけれど、とてもべたべたしていた。口の中はギザギザしていて、ちょっとこわかった。

おじいちゃんがペンギンになってよかった。おじいちゃんがペンギンになっていなかったら、きっとハルでもすぐにはうちとけられなかったんじゃないかって思う。

帰りぎわ、ハルは「虫じゃなくてよかったね」と言った。そう言われてシュウヤはぽかんとしていたから、たぶん私と同じように人が虫になっていた話を知らないのだろう。

ちょっとだけしんきんかんのようなものがわいた。

シュウヤ——シュウとは、なんとなく仲良しになれそうな気がした。

4月28日

今日も、シュウの家にいった。今日は家に行く前に、図書かんにいった。行ってしまってから、なんだか小中学生が多いなと思い、そこで今日が日曜日だったことに気がついた。

どうかだれにも会いませんようにと心の中でびくびくしながら本をさがしていたら、私のことを遠くから見てひそひそと話している女の子三人がいた。

私は顔を見てもよくわからなかったけれど、きっと同じクラスの子なのだろう。学校へは転校してから、3月の最後らへんと4月のはじめに少しだけ行っただけだった。クラスメイトの顔なんておぼえているわけない。何か話しかけられたらどうしようと、私はあせっていた。ハルはそのときねむっていて、おこそうにも返事が返ってこなかったのだ。

けっきょく、話しかけられることはなかった。私は目当ての動物図かんを見つけると、貸し出しカウンターへ持っていって、それからそそくさと図書かんを後にした。それから図かんを持ってシュウの家に行った。図かんは好きだ。知らないことがたくさん書いてある。図かんによると、おじいちゃんはフンボルトペンギンらしかった。南きょくとかじゃなくて南米のあったかいところに住んでいるらしい。だから日本の水族かんでもたくさん飼育されているらしい。

ハルが図かんを読み上げていると、シュウはとてもきょうみなさそうに「ふーん」とか「へー」とか気だるげなあいづちを打ってきた。シュウはどんなことにもきょうみなさそうに見えた。おじいちゃんがペンギンになってしまったことにも、たいしてかんしんがないようだった。何か、せっきょくてきに自分から動いたりしないような、そんな風な人に見えていた。

私はハルよりは物知りじゃないけれど、シュウよりは物知りなんじゃないかって思う時が、けっこうある。それはたぶんだけど本当で、シュウは私より年上だけどきっとまだそこまで大人じゃないんだって、そう思っていた。

図かんは多くの知らないことを教えてくれるけれど、そこに書いていないことがたくさんある。

例えばペンギンのうんこは白くてくさいとか、そういう風なことだ。そういうことは図かんではわからなくて、じっさいに体けんしてみないとわからないことだった。そういうことはきっと、この世界にはたくさんあるんだと思った。

5月3日

今日も祝日だったらしいけれど、そんなこと関係なく、いつものようにシュウの家に行った。私たちとシュウとペンギンには、せけんのことなど関係ないのだと、そう思っていた。

でもお昼ご飯が終わると、シュウは出かけてくると言った。友達に会ってくるんだって、そう言ったのだ。

シュウに友達がいたなんて、意外だった。てっきり私のように友達がいない、ひとりぼっちの子なんだって、勝手にそう思いこんでいたから。

シュウは私と同じく学校に行っていないらしかった。どうして行かないのか、それはぜったいにきけなかった。きいたら、私も同じようにきかれるだろうし、それに行く理由はたいしてないけれど、行かない理由はたくさんあるだろうから。それはたぶんふくざつなもので、私もなんで行かないのかときかれても、きっと上手く答えられないから。

シュウは留守の間ペンギンといてもいいと言ってくれた。二人で家に帰ってもきっとつまらないだろうから、私たちはそのままシュウの家ですごすことにした。

シュウが出かけるときに、ハルがじょうだん半分に「私も連れて行ってよ」と言った。もちろん本気で連れて行ってもらえるとは思ってなかったはずだけど、こういう甘えるようなことを言ってみせるのが、ハルはとても上手だった。

シュウは面食らったように「無理無理」と言った。

シュウが出かけた後、私たちはペンギンと過ごした。ハルはペンギンが何を言っているのかわかるらしい。うそだと思っていたけれど、もしかしたら本当なのかもしれない。どっちにしても、私にはペンギンの言葉は理解できなかった。

4時ごろに、玄関の方からシュウの声が聞こえてきたので、帰ってきたのだと思って私は様子を見に行った。とびらを開けようとしたとき、シュウがだれかと話しているようだったので、背伸びしてのぞき窓を見てみた。

魚眼レンズの向こうに、シュウとわかい女の人がいた。女の人はどこかで見たような気がしたけれど、思い出せなかった。二人は何かについて話していて、女の人が手を合わせて何かをたのみこんでいるように見えた。

私が知らないだけで、シュウには知り合いがたくさんいるんだ。そう思ったら、少しむねが苦しくなった。

6月16日

今日は久しぶりに晴れた。

ペンギンになったおじいちゃんがなんかくさいので、シュウといっしょにビニールプールで洗ってあげた。

洗いながら、学校ではプールのじゅぎょうが始まっているのかな、とかそんな風なことをずっとかんがえていた。学校には行きたくないけれど、プールには行きたかった。プールに入るためだけに学校に行こうかななんていっしゅん考えてみたけれど、それはなんとなくだめそうだった。

ペンギンは当たり前だけど、泳ぎが上手だった。私はまだヘルパーなしじゃ泳げないから、ちょっとうらやましかった。

学校のプールには行けないけれど、このビニールプールでペンギンといっしょに入るのは、それはそれで楽しそうだと思った。シュウには「正気かよ」とか言われたけど、私はおおいに本気だった。

夕方アパートにもどると、階だんの前で女の人とはちあわせになった。頭のてっぺんが黒くなった茶ぱつの人で、この前シュウと話していた女の人だとすぐにわかった。女の人は私を見ると「こんにちは」と話しかけてきた。

私はとっさにはんのう出来ずに、だまり込んでしまった。こういう時、私は自分がとてもなさけなくなる。もう四年生なのに、あいさつすらまともに返せない自分が、ほとほときらいになってしまう。

一〇一号室に住んでいるらしい女の人は、色々と話しかけてきた。「何年生?」「お母さんといっしょに住んでるの?」とか。色んな質問に、私は何も答えられず、うつむいて自分のよごれたスニーカーのつま先をじっと見つめていた。

しばらくして女の人は私の様子を見て「ごめんね」と言って部屋に入っていった。それからしばらく私はその場に立っていた。

こういう時、ハルだったらきっとうまく良い子をえんじられただろう。でもその時ハルはねむっていた。話しかけられている間、私はハルを呼び出そうとしていたけれど、ハルは応じてくれなかった。こういう時はけっこうある。ハルはきほん、気分屋だから。無理に呼び起こすと、たまにへそを曲げて閉じこもってしまう。そうなると、私がとてもこまることになる。

それに今日は、たぶんこの後ハルに出てきてもらわないといけないから、ハルのきげんをそこねるわけにはいかなかった。

ハルがいてくれないと、私はとても困るから。

ボイスレコーダーの書き起こし
鳴海家の近隣宅の主婦

――ええ、もちろん覚えていますよ。あんなこと、こんな田舎じゃそうそう起こりませんから。私も何回か顔を見かけたことがありました。挨拶する程度で話したことは……どうだったか。本当に驚きました。

――はい。たしかに母……姑は、当時民生委員をやっていました。おじいさんの姿が見えなくなったからって、頻繁にお孫さんの様子を見に行っていたようです。

――私としては普通のおとなしい感じの子だと思っていたんですけれどね。母は「なにか隠しているんじゃないか」って疑っていたようでした。結果として、その勘が正しかったんでしょうね。

――ええ。鳴海さんのお宅は事件が起こる何年か前にお嫁さんがご病気で亡くなられて。それから旦那さん、つまり柊也くんのお父さんがいなくなって……。

――はい。奥さんが入院中から外に女の人を作っていたんですよね？　田舎ですし、この辺りじゃみんな知っていましたよ。それで奥さんが亡くなった途端、旦那さんが家を出ていったとか。旦那さんとおじいちゃんの仲が悪いことは有名でしたから。再婚に反対していたとかなんとか……。

――それにしても、お母さんが亡くなってすぐ、お父さんが女の人作って出ていったんでしょ。お子さんとしては、ショックだったでしょうね。

――この辺りも人が少なくなって空き家が増えてきたんですけれどね。あの家、未だに放置されているでしょう。アパートの方も老朽化が進んで外壁とかひどい感じで……。誰もなんとかする人いないんでしょうね。

――今どこにいるのか？　さあ、わからないですね。

夏

七月になると日に日に暑さが増していった。

この頃になると、柊也の生活はもう完全にペンギンを中心に回るように変化していた。

食事は一日に三回。体内時計が正確なのか朝の七時きっちりにメーメーと鳴きはじめる。ペンギンのモーニングコールで起こされると階下に行って、冷凍していたイワシやキビナゴを解凍して一匹ずつ与える。食料は大体ネットで購入していた。三キロで四千円くらいの魚は一週間ほどで無くなる。

図鑑などで調べるともっと食べてもおかしくはないはずなのだが、年寄りだからかそれとも家計を案じているのか、祖父は毎食決まった量しか摂《と》らなかった。

給餌の後、粗相の始末をしてから、柊也はふたたび布団へと戻る。だいたい寝足りないから二度寝をするためだ。餌をあげてしまえばやかましいモーニングコールは止まった。

昼前に玄関のチャイムで目が覚める。晴のモーニングコールだ。晴にペンギンの世話をまかせながら自分たちの昼飯を作る。

その後は夕方まで大抵だらだらと過ごして、晴の母親が夜中まで帰らない日は夕食まで二人と一羽で共にしてから、家に送り届ける。

というのがもう何年も前からそうしているかのように、ルーティンワークになっていた。

その日はいつものように朝七時に起こされた後、給餌をして二度寝に戻る、代わり映えのしない一日になるはずだった。ところが玄関のチャイムでふたたび目が覚めたとき、時刻はまだ九時前だった。

晴が来るにしては早いなと訝しみつつドアチェーンをつけたまま玄関を開けると、きつい香水の匂いが鼻をついてきた。

「ごめんください。民生委員のシバタですう」

ドアチェーンの隙間からはラクダに似た中年の女が見えた。

「朝早くからごめんなさいね」

顔を白く塗ったシバタという女はたしか三軒くらい隣に住んでいて、顔を合わせるとやたら話しかけてきてあれこれ詮索してくる。柊也にとっては苦手な人物だった。

「はあ、なんすか」

わざとぶっきらぼうに言った。二度寝を邪魔されて気分が悪かった。

「いえね、おじいさま。しばらく見かけないからお元気かなあって。余計なお世話かもと思ったんですけど、あたくしほら、民生委員だから」

民生委員というのがなんなのか、柊也には知る由もなかった。

「はあ、元気ですよ」

毎日魚をたらふく食ってビニールプールで泳いでいます——と答えてやろうかと一瞬、頭をよぎった。

「本当に？　どこか具合が悪いとかじゃないの？」

「いえ、元気ですよ」

厚化粧の顔は、ドアの隙間から興味津々といった感じでこちらを覗いてきた。

「本当に大丈夫？　お宅はほら、お年を召したおじいさまと二人っきりでしょ？　近頃は何かと物騒ですし。だから困ったことがあったらなんでも言ってね。あたくしほら、民生委員だから」

「はあ……」

何かあってもこの女に相談することだけはないだろうな、と柊也は寝起きの頭で思った。

「おじいさま、いらっしゃる？　お顔を見たいわ。少しだけでいいから」

そう言われてすこし、ひやっとした。

「……今、いないです。出かけてます」

「あら、どちらに？」

「親戚の家に」

「あら、どうして？　やっぱりどこか身体の具合が悪いんじゃ……」

「いえ。本当に大丈夫。ちゃんと元気ですから」

「あら、そう……」

厚化粧のラクダは腑《ふ》に落ちない様子だった。人工なのか天然なのか、やたらと下まつげが長い。少し間を置いてから、言いづらいんだけど……と続けた。

「……ちゃんとゴミ出ししてます？」

「はい？」

「いえね。今お話ししてたら、少しその……お宅からなんていうか変な臭いがしてきか堪《こら》える。

お前の香水の臭いの方がきついわ、という言葉が喉元まで出かかったのを、なんと

「はあ、出してますけど」

「本当にい？　じゃあ、何の臭いかしらこれ……。生臭いというかなんというか

……」

祖父がいないとわかると、女は言いたい放題になった。柊也は何とか堪えながら、必死に寝起きの頭を回す。

「えーっとですね。魚を調理してたんですよ」

「あら、魚を？　だから血なまぐさいのね。……でもそれだけの臭いじゃないわよ、これ。あたくし、主婦だからわかるの」

「ペットを……鳥を飼っているものでして。その臭いかと」

ペンギンは鳥類だから、嘘はついていないはずだ。

「あら、鳥。鳥ってなんの鳥？」

「鳥は鳥ですよ。あの、もういいですかね。用事があるんで……」

と柊也は強引に話を終わらせようとする。

「あら、ちょっと。まだ話は終わってないわよ……」

なおも食い下がってこようとする女を振り切るように、柊也は扉を閉じた。

ラクダ女はしばらく玄関前にいたようだったが、そのうち諦めて帰っていった。

女が立ち去ったことを確認した後、柊也は玄関の框《かまち》に座り込んだ。ひどい疲労感に襲われていた。

改めて考えてみれば、この状況は柊也にとってかなりまずい。

保護者である祖父がペンギンになった――ということが周囲の大人たちには到底受け入れてもらえるはずもないだろう。どう説明したらよいものか。しばらく考えを巡らせてみるも、この不可解な状況を説明することなどやはり不可能だった。

露呈してしまった場合、さらにめんどくさいことになるのは避けられない。相談することができる信頼の置ける人は、誰も思いつかなかった。

だから、なんとか隠し通すしかない。幸いにもアパートの家賃収入と二ヶ月に一度振りこまれる年金があるから、当分の生活には困らないだろう。問題はこのことをいつまで隠せるのだろうか――ということだった。

――隠し通せるだろうか。

柊也はこの日、はじめて今後の生活に漠然とした不安を抱いた。

晴を送り届けてからアパートの石段に座っていると、一〇一号室の窓が開いた。

「よお、少年」

声をかけてきたのは菜月だった。無地の黒いTシャツから細い腕を覗かせて、ベランダの柵にもたれかかる。

「どうも」

素っ気なく挨拶を返す。

「よく会うな、最近」

「そうっすね」

柊也と菜月は、最近夕方にここで話し込むことが多くなっていた。

「なんでまた、いつもそんなとこに座ってるワケ？」

菜月は若干にやけながら訊いてきた。

「さあ……なんででしょうね」

と柊也はとぼけておく。

「もしかして、あたしに会いたいとか……」

「違います」

食い気味に否定する。

図星なのかもしれないと柊也は思っていたけれど、それを認めてしまいたくはなかった。

「ふーん……まあ、いっか」

菜月はそれ以上追及してこなかった。そのまま夕方の空を見上げたので、柊也もなんとなくその目線を辿《たど》ってみた。夏至《げし》は過ぎていたがまだまだ日は長い。もう七時近いのに、辺りは明るかった。時折通り過ぎていく人たちは皆涼しげな装いになっている。

悟られないように、柊也はぼんやりと空を見上げる菜月の横顔に見入っていた。綺麗な横顔だと思う。正面で見るときと、幾分印象が変わって見えた。

土田菜月という女性が一体どんなひとなのか、柊也は知らない。

見た目から歳《とし》は二十代の後半くらいかなと勝手に思い込んでいたけど、正確な年齢はわからない。働いているのか働いていないのかもよくわからなかったが、見た感じと家賃を滞納し続けていることから、何となく働いていないんだろうなと推測していた。

一体どんなひとなのか。今何歳で、どこで生まれてどこで育ったのか。いつから、どういった経緯でこのアパートに住んでいるのか——。根掘り葉掘り訊いてみたい衝動に襲われることがあったが、それでも柊也はぐっと堪えていた。あれこれ訊かれることを、菜月は嫌がるだろうと、何となくだが理解していた。それに、色々知ってしまうことが怖かった。

建物の外と内。石段とベランダから交わされるこの会話のほど良い距離感が、柊也には心地よかった。

それはおそらく菜月も同じなのだろうと、柊也は感じていた。柊也の身の上をあれこれ詮索してくることは一度もなかった。

それに、きっと菜月は柊也の下の名前も知らないだろう。柊也のことを未だに「少年」と呼び続けているし訊かれた覚えもなかった。

それぞれ建物の外と内で、互いを「少年」と「土田さん」と呼び合う——。そこから必要以上に相手の方に踏み込もうとは、柊也もそして菜月も、思っていないはずだ。

菜月はタバコを咥《くわ》えてライターで火をつけた。程なくしてバニラの甘い香りが流れてくる。

「少年も吸ってみる?」

と菜月は訊いてくる。

「コンプライアンス的にアウトですよ」

と柊也は冷静に返す。

「むつかしい言葉知ってるねぇ」

にひひ、と菜月はいつものように笑った。

彼女のそのいたずらっぽい独特な笑い声が、柊也は好きだった。耳の穴から入って全身をくすぐっていくような感じに、いつもなる。

菜月は煙をゆっくりと肺に取り入れてから、夏の空に向かって吐き出した。甘い香りの紫煙はだんだんと沈みゆく日を覆うように、空中に広がっていった。遠くから、キジバトがテンポよく鳴く声と、夏祭りの囃子の音が重なって聞こえてくる。

「ちなみになんだけどさ……」

少し躊躇うかのように訊ねてきた。

「……少年はさ、何歳？」

はじめて自分に関することを訊かれた——。柊也はどきっとした。嬉しくもあり、少しだけ寂しくもあった。

「……十七っす」

正直に答えてから、「実は三十歳でした」とかふざけたことを抜かすべきだったかと、少し後悔した。

「そっか……」

その後に訊かれるであろうことを、柊也は瞬時に頭の中で挙げていった。

学校には行ってないのか？　祖父はどうしているのか？　両親は健在なのか——。

おそらくそんな現実的な、普通の大人なら誰しもがしてくるような質問が飛んでくるのだろうと、身構えた。

「じゃあ、あと三年だね」

菜月は出し抜けにそう言ってきた。

「はい？」

「あと少しで成人だね」

あと少しで成人。大人——。

菜月の言葉を、柊也は頭の中で繰り返す。挙げられたキーワードの、そのどれもが自分にとっては永遠に訪れないような、どこまでも関係のないことのように思えた。

「……まあ、そうなりますね」

そのまま二人で黙り込んだ。

紫煙が歩道の方へと流れていく。その煙の下をサラリーマン風の男がわざとらしくむせながら通り過ぎて行った。

「少年は成人式とか出る予定あんの？」

菜月の言うことはいつも脈絡のあるようでないような、そんな微妙なことが多かった。もっと自分のことを訊いてくるものだとばかり思っていたが、そんなことはなかった。

「成人式……ですか？」

「そう、成人式」

自分には果てしなく関係のないことだと、柊也は思った。

「なんすか？　いきなり……出ないと思います。たぶん……」

たぶん、と付け加えたけど、絶対に出ないだろうなと、半ば確信めいていた。

「なんで出ないの？」

「なんでって……別に出る必要がないでしょ」

そんな式に何の意味があるのか。甚だ疑問だった。

「いやいや。出といた方がいいぞ、成人式は」

と菜月は微妙に説教くさい言い回しをしてきた。

「必要ありますかね？　あんなの」

「いや、あるね。絶対ある。何事にも区切りは必要だからね」

「区切り……ですか？」

「そう、区切り」

菜月は短くなったタバコを灰皿に押し付けて、新しいものを取り出して咥えた。

「……土田さんは出たんですか？　成人式」

「いや、出てないよ。でも、そのかわり……」

タバコに火が点《つ》く。甘い煙がふたたび吐き出される。

「……そのかわり飛んだのよ。成人式の日に」

「トンだ？」

「そう。飛んだの。バンジージャンプで」

菜月は川を見つめながら答える。気がつくと、西の空は真っ赤に染まっている。辺りはだんだんと暗くなりはじめていた。

「バンジージャンプって、あの足首に紐をつけて高いところから飛ぶやつ……ですか？」

バラエティ番組の罰ゲームとかでよくやるやつだ。あんなものを望んでやる人の気が知れないが、まさか菜月がそういう類の人だとは少し意外だった。

「そう、そのバンジージャンプ」

にひひ、と菜月は笑う。

「なんでバンジーなんです？」

「なんでって……バンジージャンプは元々通過儀礼だから。つまり、どっかの国で行われていた大人になるための儀式」

懐かしいなあ、と菜月は付け加えた。

「あたし、その頃はちょっとスレててさ。自分は周りとは違うって、そう本気で思い込んでいた。みんなと同じなんて耐えられない。だから飛んだの。バンジーで。お互いの近況でマウント取り合ったり酒飲んで暴れ回るよりも、人と違うことをしたほうがかっこいい、特別な自分になれるって……イタいよねえ」

自分で言ってて恥ずかしいのか、菜月の頬は少し赤くなっているように見えた。

「それはイタいっすね」

柊也は思ったままのことを口にした。

「うん、イタかった。とても」

細長い指に挟まれたタバコから、足元に灰が落ちていった。

「バンジージャンプってね、すごいのよ。飛んでいる間、腹の中がふわっとする感覚が続くの！　わかる？　あの感覚？」

「わかるようなわからないような……」

菜月は恥ずかしさを誤魔化すかのようにまくし立ててきた。

「なんつったらいいかなあ……。そうだ！　あのタマがヒュンッてなる感じ」

「タマ？」

「ついてんだろ？　股間に」

菜月は柊也のそこを指さしながら、意地の悪い笑みを浮かべる。

「ああ、その……って、土田さん付いてるんですか？」

「あたしは付いてねーし」

例えだよばか、と菜月はまたにひひと笑って続ける。

「まあとりあえずその『タマがヒュン』ってなる感じがさ、続くのよ。ジャンプし終わった後も……」

急に声のトーンが低くなった。

「……あたしはさ、そっから今も戻ってこられていない感じなんだよね」

「どういう意味っすか？」

「なんつーか。非日常から？」

「非日常……ですか」

「うん。バンジージャンプしたときの非日常から、上手く元の日常に戻ってこられないのよ。あのふわっとした高揚感が、十年経った今でも続いている。常に浮き足立っているような、そんな感じ。この日常がとても退屈で、ひどくつまらなく思えて仕方がないの」

ははは、と先ほどとは違う乾いた笑いを漏らした。

菜月が一体何を言いたいのか、柊也にはさっぱり理解できなかった。

「……よくわかんないですけど、だったらまたバンジーしたらいいんじゃないですかね？」

とりあえず提案してみる。

「ばか。そーいうんじゃないのよ」

呆れたとでも言いたげに、菜月は笑った。

「じゃあどーいうんですか？」

「んー、まあなんだろなあ。つまりあたしが言いたいのはだねえ……」

菜月はタバコを灰皿に押しつぶす。

「つまりは、ちゃんと手順は踏めってこと。大人になるための、これまでの自分にけじめをつけるジャンプをしろってこと。そしてこっからが重要。ジャンプしたらまたこっちにちゃんと戻ってくること。これが一番大事！」

「はあ……そっすか」

しばらく考えてみたが、

「すいません。よくわかんないです」

と柊也は正直に答えた。

「うん、そうか！　あたしにもよくわからん」

「なんすか、それ」

菜月はあっけらかんと笑う。

その笑顔は無邪気であどけなく、同級生のような親近感を覚えるものだった。とても大人の女の人には見えなかった。

六月中旬に梅雨入りしてから、七月になってもいまだにぱっとしない空模様の日々が続いていた。

一週間ほど雨の日が続いており、その日も朝から結構な量の雨がしとどに降り続いていた。

母親が翌日にならないと帰ってこないというので、二人と一羽で夕食を共にした後、柊也は晴をアパートまで送り届けた。帰り際、ふと一〇一号室に目を向けてみると、明かりは点いていたものの、カーテンに遮られていて中の様子を窺うことはできなかった。この雨の中、石段に腰を下ろして窓が開くのを待つのはさすがに躊躇われたので、柊也はそのまま家路につくことにした。

アパートの正面に流れている川を覗いてみると、水量は目に見えて増えていることがわかった。

家に戻って布団に入ってからも、柊也は眠れずにいた。屋根を叩きつける雨粒の音は、夜更けになってさらに激しくなっている気がした。

昔、川が氾濫してここに移り住んだ――。

幾度となく祖父から聞かされた話が、頭に浮かんで離れなかった。必死に目を閉じて眠りに落ちようとしても、屋根から聞こえてくる雨の粒一つ一つが、柊也の不安を掻き立てていった。

――浸水はしないだろうか。

アパートの二階はまだしも、一階はやばいかもしれない。一階の、一〇一号室の明かりが脳裏に浮かぶ。一階にはほかに二部屋あったが、そっちのことはどうでもよかった。

一〇一号室——そこに住む菜月のことにしか考えが及ばない。

柊也は布団を出て、身支度を整え始めた。時刻は午前一時を回っていた。風も強いので、おそらく傘だと役に立たないだろうと踏んで、部屋の片隅に放り投げていた通学カバンから透明な雨合羽を取り出して着込んだ。

家を出る前に、柊也は音を立てないように和室の襖をわずかに開けた。

中を覗きこむと、ペンギンは首を折りたたむようにして身を丸め座椅子の上で眠っているようだった。ペンギンになってからの祖父はベッドの上では眠らないようになっていた。激しい雨音にも動じずに眠りについているペンギンに、柊也は「いってきます」と内心で呟いて家を出た。

雨足は、予想以上に激しい。風速も先ほどよりも増しており、横殴りの雨粒が、柊也の顔を容赦なく叩きつけてくる。

祖父がペンギンになったのだから、大家の代わりは自分が務めなければ——。

激しい雨風に曝《さら》されながら、柊也は自分を納得させるような言い訳を頭の中で並べ立てていた。

――雨が酷《ひど》いので気になって見に来たんですよ。

そう戸口で言ってみせると、相手はどういう反応を示すだろう。

大変だったね、とか、大丈夫？　とか言ってから、とりあえず中に上がってく？

と笑顔で柊也を部屋に上げる――。そんな都合の良すぎる妄想が脳裡にこびりついて離れなかった。

柊也は理解していた。

本当は自分は浸水の心配などしていないことを。ただ、あの人の甘く煙たい匂いを嗅ぎたいだけなのだということを。不安とよこしまな想いが肚《はら》の下で膨らんでいくのを、実感していた。

強風に煽《あお》られながらなんとかアパートの近くまで来ると、正面の川はやはり先ほどよりも増水していた。濁った水がものすごい勢いで流れていたが、まだ氾濫するほどではないようだ。

菜月の部屋に目を向けると、明かりが点いていた。他の部屋はみな消灯している。

まだ起きているのだろうか――。そう思うと胸が高鳴って肚の中に抱えたものが一層熱く膨らんでいくのを感じ取った。

――川が心配で見に来たんですよ。

柊也は頭の中で言い訳を反芻《はんすう》してみる。

――土田さん、もしものときの避難場所とか知ってるかなって。

よく練られた、それらしい理由だと思うのだが、どうなのだろう。

――ほら、今祖父がいないんで。俺がそういうことしないと。

やはり、少し苦しいだろうか。

雨の夜中に突然訪ねてきた柊也に、菜月はどう対応するのだろう。妄想通りいつもの軽い口調で「とりあえず上がりなよ」と受け入れるのか。それとも拒否されるのだろうか。露骨に嫌な顔をされた上で、もっともらしいことを並べ立ててきて大人の対応をされるのだろうか。

石段の手前で色々シミュレーションしてみても、自分の中で膨らんでいる衝動は治まりそうになかった。柊也は一〇一号室のブザーをならした。

反応がない。もう一度押してみると中からは確かにブザー音が聞こえてきたが、人の気配は感じ取れなかった。明かりを点けたまま眠っているのだろうか。柊也は思い切って木製のドアをノックしてみたが、それでも反応はなかった。

今にも破裂しそうな衝動を抱えたままでは、帰ろうにも帰れない。

ドアの前でそのまましばらく立ち尽くしていると、不意にどこからか奇妙な音が聞こえてきた。

雨風の音に紛れ込んで聞こえてくるそれは、ザッ、ザッ、というような音だった。

一体何だろう——と柊也はノイズに溢《あふ》れた世界の中で、耳を澄まして音のする方向を確かめようとした。

どうやら音はアパートの裏庭から聞こえてくるようだった。

嫌な胸騒ぎがする。

柊也は恐る恐る木造二階建ての裏手へと回った。

アパートには小さな裏庭がある。

庭といっても猫の額ほどの広さの狭い空間だ。ちょうどアパートとそのすぐ後ろの切り立った斜面に挟まれた台形のスペースで、真ん中に桜の木が一本と物置が置かれているだけで草花などは植えられていない、ぽっかりと空いた何もない場所だ。そこで、黄色い雨合羽を着た人物が、シャベルで穴を掘っていた。

「何やってるんですか？」

柊也が声をかけると、雨合羽がびくっとして振り向いた。「ひっ」と小さな悲鳴をあげたようにも聞こえたが、雨音がもたらした空耳だったかもしれない。

「どうして……」

ほとんど独り言のような大きさの声だった。菜月は普段よりもさらに青白い顔を、柊也に向けてきた。

柊也は黙り込んだ。先ほど頭の中で並べ立てていた「言い訳」が咄嗟《とっさ》に出てこない。

菜月は裏庭でシャベルを使って穴を掘っているようだった。足元には懐中電灯が置かれていた。ややたよりない光が地面を照らしていた。その横には大きな旅行用のキャリーケースが窮屈そうに置かれている。

どうして——という思いは柊也も一緒だった。

「……それ、埋めるんですか？」

柊也が訊ねた。

「…………」

菜月は何も言わなかった。その沈黙が答えなのだろうと、柊也は察した。

雨足は弱まることを知らない。強風が古い木造二階建てを殴りつけるように吹き荒《すさ》んでいく。時折どこからか軋《きし》むような音が聞こえてくるようだった。

「……手伝います」

柊也はそう言ってしまった自分に、少し驚いていた。

「えっ？」

菜月はきょとんとした表情で柊也を見つめてくる。言っていることが呑み込めない様子だった。

「それ、埋めるんでしょう？」

柊也は暗闇の中、懐中電灯の光で浮かび上がったブルーメタリックのキャリーケースを指差す。キャリーケースはちょうど取手の部分が柊也の方に向けられるかたちで、地べたに寝かせられていた。

菜月はちらりと足元のキャリーケースに目を向けたあと、すぐに柊也の顔に視線を戻した。口を半開きにしたまま、喋《しゃべ》らない。頬には泥がついており、額には雨と汗で濡れた茶色い前髪が湯上りのときのようにへばりついていた。

柊也は菜月の後ろをすり抜けるようにして、反対側の物置へと進んだ。

立て付けの悪くなった引き戸に鍵はかけられておらず、ぎぎぎと、鈍い音を立てて開いた。物置の中にはツルハシやほうき、それに空の植木鉢が雑然と並んでいた。そこから一番手前に立てかけてあった金属製のシャベルを手に取る。黙り込んだ菜月の横に並んで見てみると、地面はすでに五十センチほどの深さに掘り進められていた。

「もうちょっと奥のほうにしましょう」

柊也はシャベルを使って脇に積み立てられていた土を、ぽっかりと空いた穴に戻し始めた。

「えっ、ちょっと。どうして……」

菜月はシャベルを動かす柊也の腕を摑《つか》んできた。

「ここだとダメなんです……」

柊也は菜月の顔を見ずに答えた。

「昔埋めたんです……。じいちゃんが……その、ペットを……」

菜月が柊也の横顔をじっと見つめてきた。

柊也は気にしていない風を装い、続ける。

「だから、たぶんこのまま掘ってくとそいつがいて……その、充分な深さが掘れないから……」

柊也の言葉に、菜月は何も答えずそのまま沈黙した。降りしきる雨が沈黙を際立たせていった。

「……そう」

やがて、菜月はぽつりと一言呟いた。柊也の言い分に納得したのか、摑んでいた腕を離して、自分の足元に突き刺してあったシャベルを手に取り、細長く掘られた穴に土を埋め始めた。

積み上げられていた土を元に戻し終わると、柊也は庭の奥の方へと進んだ。菜月もそれに続く。

「ここら辺にしましょう」

柊也が雨音に負けないように大きめの声で言うと、菜月は黙って頷いた。

柊也は足で踏みつけるようにシャベルを地面に突き入れて、土を掻き出した。水気を含んだ土はしっとりと重く、気温の高い冬の日に積もった濡れ雪のようだった。しかし、雪のようにすんなりとシャベルが突き刺さるわけではなく、柊也は五分もしないうちに息が上がりそうになっていた。

菜月も同様にはっはっ、と犬のように短く息を吐き出しながら、ひたすらに地面を掘っていた。

——一体、いつから掘っていたのだろう。

訊いてみようかと柊也は口を開きかけるが、思いとどまった。手を休めてそれとなく背後に目をやる。暗闇の中に横たわる、やたらと大きなキャリーケース——。

ちらりと菜月の方を見ると、脇目も振らず一心不乱に穴を掘り進めている。ぼんやりと浮かんだその表情はどこか虚《うつ》ろで、それでいて何かに取り憑《つ》かれているようにも見えた。明らかに、普段見せるお気楽そうな飄々《ひょうひょう》とした菜月の姿とは違う。

――なんでこんなことを？……。

喉元まで出かかった言葉を呑み込んで、柊也は再びシャベルを地面に突き刺した。雨合羽のフードから垂れてきた水滴が容赦なく目に入ってくる。手が冷えてきて、感覚がだんだん無くなってきていた。時々小休止をして吐く息で指を温め、また掘り進めていく。柊也と菜月は会話もなく、その作業をひたすらに繰り返していった。そうして時間が過ぎていった。雨は周囲の音を遮り、二人を世界から孤立させていった。

一体何時間経ったのか、よくわからなくなっていた。

気がつくと土は高く積み上げられて、穴の深さは一メートルほどになっていた。柊也の息はすでに上がっており、冷たい雨と土の重さが腕の感覚をうばっていた。ちらりと見ると菜月も同様のようで、柊也よりも手を休める間隔が短くなっているようだった。

雨が弱まってきたのは、周囲がだんだんと明るくなってきた頃だった。柊也が手を休めて目をやると、川の向こう、東の空に日が昇ってきている。

雨雲の切れ間から、薄い紫色の空が顔を覗かせていた。ズボンのポケットから携帯を取り出して画面を開くと、時刻は午前四時十六分だった。土砂降りだった雨はいつのまにか小雨程度になっていた。

「これくらいでよくないですか？」

シャベルに摑まり立つような姿勢で休んでいる菜月に声をかけた。すり鉢状になった穴は、すでに充分な大きさと深さになっている。

「そうかな？……もうちょっと掘った方がよくない？　その、念のためにさ……」

苦しそうに息を切らせながら、菜月が言う。

これから埋める後ろのキャリーバッグには、やはり他人に見つかりたくないものが入っているらしい。

「大丈夫だと思いますよ。ここ、誰も来ないし。それに、周りからもまったく見えないし……」

そう言って柊也は改めて周囲を見回してみる。裏庭とは名ばかりのアパート裏手の空間は、昼間でもほとんど日が当たらない薄暗い場所だった。道路からは見えない位置にあり、桜の木の枝葉で隠れているため、アパートの中からでもここは視認しづらい。住民でもこんな陰気な場所にわざわざ来る者はいないだろう。

「……ほんとうに？」

菜月はフードの下から不安げな眼差《まなざ》しを向けてくる。普段の、柊也をからかうときのような悪戯っぽい目つきではなく、何かに怯《おび》えている、子供のような双眸《そうぼう》だった。

柊也は黙って頷く。

「ええ、大丈夫。これくらいの深さがあれば、野良犬も掘り返せないと思います」

言ってしまってから、菜月の表情が少し曇ったかのように見えた。柊也はしまった、と思った。

菜月は、背後に置かれたキャリーケースと穴を比べるかのように交互に見た。少し躊躇うような素ぶりを見せたあと、頷いた。

「……わかった。信じるよ」

菜月の「信じるよ」という言葉が、頼られているような気がして、柊也は少し胸が高鳴った。

シャベルを地面に突き刺して、二人は向かい合ってキャリーケースの両端にそれぞれ手をかける。

せーの、と息をそろえてキャリーケースを持ち上げようとすると、思った以上に重かった。疲労が蓄積した腕と腰にはきつく、柊也は千鳥足になってふらついてしまった。それでもぬかるんだ地面に踏ん張って、どうにかして転ばずにすんだ。

「だいじょうぶ？」

ぼやけた視界の向こうに、菜月の蒼白《そうはく》になった顔が浮かんでいるのがわかった。夜通し雨に曝された翳《かげ》りのあるその表情に、柊也は思わずどきっとする。

「ええ、大丈夫です……。運びましょう」

萎《しぼ》んでいた欲望の種火がまた再燃しようとするのを、何とか堪える。キャリーケースを落とさないように慎重に、二人でカニ歩きで穴の方へと進んでいった。

穴まで来ると、滑るようにアリ地獄の巣のような穴の中へとゆっくり降りた。

「……ごめんね」

丁寧すぎるほど慎重にキャリーケースを置くと、ほとんど聞こえないような小さな声で、菜月が謝罪してきた。

「えっ？」

「ごめんね……」

菜月は目を伏せながら繰り返した。その視線は穴の中に置かれた、やたらと大きなメタリック塗装のケースに、名残惜《なごりお》しそうに向けられている。

「……別に、いいっすよ」

柊也がそう言っても、菜月は無反応のまま力が抜けたように立ち尽くしていた。

夜が明けていくのと並行して、小雨も止みつつあった。雨によって断絶されていた外の世界から、車が通り過ぎていった音が聞こえてきた。

「そろそろ埋めないと……」

柊也が促すと、菜月はゆっくりと顔を上げた。うん、とだけ小さく言って穴をよじ登った。

二人でキャリーケースの上に土を被《かぶ》せていくと、穴はあっという間に埋まっていった。

「……ぱっと見た感じわかんないね」

元どおりになった裏庭の様子を眺めながら、独り言のように菜月は呟いた。よく観察してみると掘られていたような形跡がわからないでもないが、ここに足を運んでじっくりと見る物好きはいないだろう。それでも念の為シャベルで土を均《なら》していく。

雨は完全に止んでいた。空は白んでおり、新しい一日が始まろうとしていた。汗で身体が冷えているのがわかった。

「こんなもんでいいっすかね？」

柊也が訊ねると、ぼんやりと立ちすくんでいた菜月が頷いた。

「うん、いいと思う……」

被っていたフードを下ろすと、半分影になっていた顔に、川の向こうの東から朝日が差し込んだ。土がこびりついた頰は、先ほどより少し血色が良くなった気がする。

「少年、ありがとね……」

力なく笑うその菜月の表情に、柊也は何と返したらよいのか解《わか》らなかった。

「あの……」

一体、何を埋めたんですか？——。

思い切って訊こうとした時だった。バイクの音がこちらに近づいてきて、喉元まで出かかった言葉を吞み込んで耳を澄ました。

どうやら朝刊の配達らしい。思わず息を潜める。配達人は外付けの鉄の階段を小気味よいテンポで上っていった。

「……何？」

菜月は不安げな眼差しで柊也を見つめてきた。菜月の顔をこんなに近くで見るのはこれがはじめてだった。いつも石段から見上げていたタバコを咥えた横顔よりも、随分と幼い印象を受けた。雨で流れてしまったのだろうか。化粧の落ちてしまった今の彼女は、ひどく頼りなく、まるで歳下の女の子のように、柊也の目には映った。

「いえ……なんでもないです」

柊也は菜月と裏庭から目を逸《そ》らすかのように、日が昇りはじめた空を見上げた。

大きく深呼吸をすると雨上がりの独特な匂いがした。バイクの音が遠ざかっていき、どこからか雉《きじ》の鳴く声が聞こえてくる。

ここに来るときに抱いていたよこしまな感情は、いつのまにか萎んでしまっていた。


目がさめるとひどい寒気と頭痛がした。熱を測ってみると三十八度あって、どうやら風邪をひいたようだった。医者に行くほどでもないだろうと、家に置いてあった市販の風邪薬を飲んで安静にしていることにした。

目を閉じてみるが中々寝付けなかった。階下からは晴がペンギンに話しかける声が聞こえてきた。「風邪を引いたのでじいちゃんの世話を頼む」と柊也が言うと、晴は「まかせて」と快く応じてくれた。ちゃんとやれるか少し心配だったが、餌は予《あらかじ》め一食分ずつ小分けにして冷凍庫に入れてあるので大丈夫だろうと、信じることにした。

柊也は薄目を開けて天井を見つめた。見慣れた目玉のような木目が並んでいる。小さい頃はあれが人の目に見えて怖くて仕方がなかったことを、ふと思い出していた。

怖いと感じなくなったのは、いつからだろう。あんなに恐ろしかったものも、慣れてしまうと途端に何ともなくなってしまう。それでも不意に、恐ろしく思えてくることがあった。例えば身体的に弱った今みたいなときに。今木目を見ていると、幼い頃に連想した死人の双眸のように思えてきた。

柊也は朦朧《もうろう》とした頭で、昨夜のことを思い出す。雨が降りしきる暗闇の中、一人裏庭の土を掘り起こす菜月の後ろ姿を。その姿は、昔見た祖父の後ろ姿を想起させた。

——あの中身は一体……。

庭に埋めたキャリーケースの中身に思いを巡らす。頭の中に様々な可能性が浮かび、それを何とか論理的に否定しようとするが、どうしても上手くいかなかった。熱があるせいなのか、それとも都合の悪いことから目を逸らしたいだけなのか、よくわからなかった。

脳が限界をむかえたのか、次第に眠気が襲ってきた。こちらをじっと見つめてくるような木目の視線を振り切るように、柊也は眠りに落ちていった。

ふたたび目がさめると、すでに日は落ちていた。携帯を見ると時刻は午後八時。よく眠ったせいか、熱は下がったように感じた。一階に降りてみると晴の姿はすでになく、帰った後のようだった。額に乾いたタオルが乗せられていたのは、晴の仕業《しわざ》だろうか。

暗くなった居間に電気を点けると、ペンギンがよたよたと歩み寄ってきた。「メー」とひと鳴きしたが、それが孫の体調を案じたものだったのかは柊也には判断できない。ペンギンを無視するかのように、柊也はぴしゃりと襖を閉めた。

八月に入ると、ようやく梅雨が明けてからっとした日が続くようになっていた。暑さは日に日に増していく一方だ。容赦なく降り注ぐ日差しを身体に受けながら、物置から引っ張り出してきたビニールプールに空気を入れる。自転車の空気入れを上下に動かしていると、全身の毛穴から汗が吹き出してくるのがわかるようだった。

相変わらず祖父はペンギンのままでいた。

ペンギンになる前、祖父は八十歳とは思えないほど至って健康体の老人だった。入浴も食事も排泄も介助は必要なく、身の回りのことはほとんど自分で出来ていた。それがペンギンに変容してしまってからは、ほとんど介助――というよりも飼育してやらなければならなくなった。

あれこれ世話を焼きながら、柊也には祖父が人間だった頃がすでに遠い昔のことのように思えて仕方がなかった。

「ねえ。大きなプールに連れて行ったらよろこぶんじゃない？」

「大きなプール？」

「そう。流れるやつとかきっと喜ぶと思うよ……じいちゃんが」

裏庭に出したビニールプールに浸かりながら、晴が言う。柊也がビニールプールに水を入れているところを目敏《めざと》く見つけて水着に着替えてきたのだ。その傍らではペンギンがぷかぷかと泳いでいる。

「どこのプールもペンギンはお断りだろう。ていうか、そんなこと言ってお前が行きたいだけだろ」

「そ、そんなことないし！」

慌てて否定しているようすから、どうやら図星だったらしい。

晴はもう四六時中柊也の家に居座るようになっていた。昼食時に来て夕方には帰っていたのが、ここ最近は毎日朝から来て夜の九時頃に帰るというパターンになっていた。柊也としては晴が常に落ち着きがなくうるさいということを除けば、進んでペンギンの世話をしてくれるので特段不満はなく、むしろ大助かりだった。特に朝が苦手だったので、勝手に合鍵で入ってきて朝の給餌をしてくれるのはありがたかった。

柊也の家の裏庭は、長い間手入れがされておらず、背の高い草が四方八方に生い茂っていた。そのため外からはプールがすっぽりと隠れる形となっている。

それでも柊也は周囲に人がいないか警戒していた。先日の民生委員の件があったからだ。

民生委員は祖父が姿を見せないことを怪しんでいるようで、あれから度々家を訪問するようになっていた。もちろんその度に居留守を決め込んでいたのだが。合鍵を渡してある晴にも、見られないように注意しておけ、ときつく言ってあった。

セミが四方からけたたましく鳴き続けている。今日も三十度近くあるので、止めどなく汗が吹き出してくる。「一緒に入れば？」と晴が提案してきたが、さすがに小学生とペンギンと小さなビニールプールに肩を並べて浸かる気にはなれなかった。

「メーメー」

ペンギンが翼をパタパタさせて空を見上げ鳴いた。時折家の中でも見せる仕草だった。換羽期を迎えたのか、ペンギンの身体のあちこちの羽が抜けてきていた。そのようすを見て晴は「ハゲてきた！」とゲラゲラ笑った。

ペンギンは人間だったときと同様に、穏やかな性格だった。

柊也や晴に危害を加えてきたことは今まで一度もない。身体を洗っている最中も時折鳴き声を上げるものの暴れて抵抗するそぶりは見せない。その様子が、とても不気味に見えた。元々温厚だったが、それ故に何を考えているのかよくわからないところがある祖父だった。それがこの姿になってからはますます理解できない存在になった。

「……そんなにプールに行きたいのか?」

先ほどから急に元気がなくなった晴に訊ねる。

「うん。せっかくの夏休みだし」

「お前、年中休みのようなもんじゃん」

「シュウに言われたくないし」

晴は家から持参した水鉄砲で柊也の眉間を正確に打ち抜いた。

「おかえし」

柊也がビニールプールの水をかけてやると、少女とペンギンははしゃぎまわった。周囲に飛散した水しぶきが、夏の日差しを受けてきらきらと輝いた。

ペンギンは二人に水をかけられながら空を見上げ、時折鳴いては空に羽ばたこうとするように、翼を上下に動かしていた。

日が落ちて、いつも通りに晴をアパートまで送り届けると、柊也は決まって一〇一号室に目をやった。あれからもう随分と菜月と会っていない。明かりが点いているので在宅しているようだったが、ベランダに出てくることはなかった。柊也は気にはしていたものの、なんとなく石段に腰を下ろさずに、そそくさと帰路についてしまう日が続いていた。

ふと思い立って、裏庭に足を運んだ。

取り立てて不自然なところはなかった。薄暗い裏庭。誰にも気に留められることのない、空間——。

しかし、そこには本来あるはずのないものが埋められている。

ぱっと見ただけではおよそわからない。土を掘った本人たちでなければわからない一点に目処をつけ、その上に柊也は立ってみた。

目を瞑《つむ》ると、どこからかセミの鳴き声が聞こえてくる。やかましいセミの鳴き声は次第に頭の中で反響し大きくなっていった。重なるように、あの日降り続いていた雨音が聞こえてきた。

あの日の感覚がまざまざと蘇《よみがえ》ってくる。世界から断絶されていく、あの感覚——。

——一体、足元には何が埋まっているのだろう。

悲痛な表情をした、あの日の菜月のことが脳裡をよぎった。まるで子供のような顔をした、歳上の女の顔が。

——訊くべきなのだろうか。

気がつくと、柊也は二〇一号室の扉の前に何度か立っていた。

部屋の中からは、いつも確かに物音が聞こえてくる。ドアのブザーを押そうと手を伸ばすも、いつも押せないままだった。

結局その日も、菜月とは会えないまま家路についた。


「まじかよ」

絶句している宗像の横顔を見ながら、柊也は少し愉快な気分になっていた。

「これさ……ホンモノ？」

宗像が指さしながら訊いてくるとペンギンが肯定するかのように「メー」と一声鳴いた。

「うわ！」

びくっとして、宗像は後退《あとずさ》りした。

柊也は宗像を自宅に連れてきて、ペンギンと対面させていた。

その日はいつものように二人でファミレスで駄弁《だべ》っていた。そしてどういう流れだったか、宗像が何故か急に「久しぶりに柊也の家に行きたい」と言い出したのだ。

もちろんはじめは家に招くつもりはなかったが、断ると「何か隠しているな？」と言い出してしつこく食い下がってきたのだ。面倒臭くなった柊也は、半ば折れるような形で宗像を連れて来たのだった。

幸いにも晴は、珍しく休暇がとれた母親と外出していて家には来ていなかった。家にペンギンがいることよりも女子小学生がいることのほうが、よほどまずそうだ。

「これさ……ペンギン？」

ペンギンと距離を保ちつつ、宗像が訊く。

「うん、ペンギン」

「……何ペンギン？」

「フンボルトペンギン」

「……なんでいるの？　買ってきたの？」

「いや。朝起きたらじいさんがペンギンの姿になってた」

「はあ？」

宗像は大きく目を開いた。信じられないものを見たとでも言いたげな顔で柊也を見やった。

「……お前、大丈夫？　正気か？」

「大丈夫。正気だよ」

と柊也は努めて平静に返す。

「いやいやいや。ふざけてんのかよ」

と宗像は頭をぶんぶんと横に振りながら断言した。

「お前は相変わらず嘘が下手だな！　そんなわけあるかよ。どうせ買ってきたんだろ？」

「ペンギンは日本じゃ売ってないだろ」

「じゃあ、輸入したんだろ！」

「フンボルトペンギンの個人輸入はワシントン条約で禁じられているぞ」

「なんでそんなに詳しいんだよ！」

宗像は冷静につっこんできた。

混乱している宗像を尻目に、柊也は少し安堵していた。どうやら、自分と晴以外にも目の前の「それ」はペンギンとして認識されていることで間違いないようだ。それを確かめたくて宗像を家に入れたのだった。

結局宗像は最後までペンギンが祖父であることは認めなかったが、それはむしろ当然のことだろうと柊也は思った。

柊也は絶対に他言無用で、と念を押した。宗像は狐につままれたような顔のままで帰っていった。

「暑いねー」

ソファに寝そべりながら晴がぼやいた。その手には冷凍庫から勝手に取り出してきた棒アイスが握られている。柊也は返事をするのも億劫だったので黙って扇風機を『強』にした。

今年の夏は連日猛暑が続いていた。そして最悪なタイミングで急にエアコンが動かなくなったのだった。電気店に連絡したら生憎《あいにく》立て込んでいるらしく、修理に来られるのは早くて二週間後だという。

ペンギンはエアコンが壊れてからは段々元気がなくなっていった。あまり鳴かなくなり、食も細く、いつも以上に動かずにぼんやりと虚空を眺めている時間が増えている。夏バテしていることは明らかだ。

フンボルトペンギンは主に南米に生息しているため比較的暑さには強いというが、さすがにこの茹《う》だるような暑さには耐えられないらしい。

「じーちゃん、大丈夫かなあ」

少女が不安そうな声で訊いてくる。

「うーん、ダメかも」

「うそ！」

柊也の冗談を真に受けた晴はソファから飛び起きた。

「冗談だよ。でもこの暑さが続くようならまずいかも」

「そっかあ。それじゃ、『ひしょち』を探さないとね」

晴の口から出た聞きなれない『ひしょち』という単語が『避暑地』であるということに気づくのに、数秒かかった。偶《たま》にこの少女は聞きなれない言葉を口にする。よく本を読んでいるみたいだったから、ひょっとすれば自分よりも語彙《ごい》力があるのかもしれないと柊也は思った。

「避暑地って……別荘に行く金なんてないぞ」

呆れながら返すと、晴はさらに呆れたように返した。

「別に涼しい別荘だけがひしょちじゃないじゃん。例えばちょっと冷房のあるところに行って過ごすとか」

「なるほどね」

よく行く近所のスーパーは冷房が効いている。特に鮮魚売り場の辺りは薄着じゃ寒いくらいだ。

「でもペンギンを連れて外に出歩くのはちょっとな……」

万が一民生委員や信用できない大人たちに見つかったら、大変面倒なことになるだろう。それだけは避けたかった。

「うーん……あ！　ちょっと待ってて」

晴は勢いよく家から飛び出して行き、十分たらずで戻ってきた。背にはピンクのリュックサックがある。

「何それ？」

「これにじーちゃんを入れるの。じーちゃん、あんま動かないし」

少女はへばっているペンギンを抱きかかえると床に下ろしたリュックに入れた。ペンギンは抵抗することなくすっぽりとそこに収まった。蓋を閉めると外からは見えない。

「大丈夫かな……」

「だいじょうぶ、いけるって！」

晴はなぜだか自信ありげに言ってのけた。

外に出ると、容赦なく降り注ぐ日差しとアスファルトからの照り返しに挟まれて、汗が止めどなく流れてきた。陽炎が揺らめく道を二人と一羽は言葉少なに歩いた。一応周囲を警戒していたが、幸いにも民生委員のラクダと遭遇することはなかった。

ペンギンを入れたリュックは結局柊也が背負っていた。約四キロのペンギンを背負ってこの暑い中を歩くのは、小柄な晴にはきつそうだったからだ。ペンギンは大人しく、身動き一つしなかった。凍らせた保冷剤を入れてあるので、案外快適だったのかもしれない。

女児用のリュックを背負って歩くなんて正直恥ずかしかったので、あまり人気《ひとけ》のない道を選んで歩いた。坂を下り川沿いの道路をアパートがある方向と逆に進むと、小さな橋が見えてきた。それを渡り川の向こうへと歩いていくと桜並木が見えてくる。深緑の桜の木陰は冷たい風が通り抜けて心地よかった。

さらに進んでいくと、突然古びた民家が現れた。民家は古い商店のような構えをしており、周囲の民家に比べて明らかに浮いている。時代から取り残された感じだった。錆びついた看板の半分には赤いコーラのロゴが記されており、もう半分には薄くなっているが「黒田商店」とかろうじて読み取ることができた。

「あれ何？」

鼻の頭に大粒の汗の玉を浮かべた晴が訊いてきた。

「駄菓子屋だよ」

「だがし？」

「安いお菓子とか売ってるところ。知らない？」

「うん、知らなかった」

「入ってみるか？」

柊也がそう言うと、晴は黙った。首を伸ばすようにしてガラス戸の向こうの店内を覗き込んだ。

「うん。入る」

中に誰もいないことを確認してから、晴は了承した。

よし、と柊也は引き戸を開けた。

店内に足を踏み入れると、むんとした淀《よど》んだ空気が身体に纏《まと》わりついてきた。中は暗く、誰もいないので本当に営業しているのかと、一瞬不安になった。

そう思って陳列された商品を見てみるとどれも新しく、一応は営業中らしい。

この店に来るのはいつ以来だろう。七年ぶりくらいだろうか。古びた外観に似つかわしい古ぼけた店内は、子供の時に来たままで時間が止まっているかのようだった。

小学生の小遣いで買える安価なフーセンガムやスルメや紐付きの飴などが入ったプラスチックの箱が整然と並べられている。

「色々あって面白いね」

晴は物珍しそうな顔で店内を見回した。

「ほしい物があったら買ってやるぞ」

「じいちゃんのお金で？」

晴が意地の悪い笑顔で挑発してきたので、柊也は軽く頭を小突いてやった。

「別にいらないならいいけど……」

「うそうそ。ごめん、いるいる」

取り繕うように首を振ると晴は店内を物色しはじめた。柊也も何か買ってみるかと商品を見てみた。色とりどりの駄菓子は懐かしいものばかりだったが、代わり映えのしないラインナップのようにも見えた。何十年も形も値段もほとんど変えない菓子たち。駄菓子とはそんなものだろうと思いながら、昔好きだった四角形の小さなピンク色の餅菓子を手に取ると入っている個数が減っているのが解って、こういうのは悲しい変化だな、としみじみ思う。

「決まったか？」

声をかけると、晴は色々と目移りして中々決まらないようだった。

「うーん、迷うなあ……うわっ」

晴が突然、大きな声を出した。

何かと思い晴の視線の先に目をやると、暗がりになった番台にブルドッグのようにたるんだ頰をした小柄な老人が座っていた。

「……らっしゃい」

老人はぼそりと呟いた。一体いつからいたのか、気配がなく気づかなかった。

老人はここの店主の通称『ブル』だ。ブルドッグみたいな顔しているからブルだと、小学校のとき誰もがそう陰で呼んでいた。

その強面《こわもて》は中々迫力があり、子供の頃は怖くて仕方がなかった記憶がある。実際、目の前の小学生は大変怖がっているようだ。散々悩んでいたと思ったのに手近にあったコーラ缶を模したラムネ菓子を手早く取ると、柊也に渡してきた。

「こ、これにする」

晴はそう言って柊也の後ろにさっと隠れた。

柊也はレジ前に行くと菓子を二つ差し出す。

「……えーっと、これは……」

ブルは電卓をいじり始めた。電卓がいるような複雑な計算ではないにも拘《かか》わらず、ブルは明らかに慣れない手つきで単純な機械に悪戦苦闘している。その挙句、

「……ありゃあ……、これ、なんぼだったたっぺ？」

と申し訳なさそうに柊也に訊いてくる始末だった。

「八十円かと……」

「え？　ふゃくずうえん？」

どうやら耳も遠いらしい。

「いや、八十円です」

と大きな声で言うと、

「ああ、はちじゅうえんね」

と何とか伝わった。

改めてブルを見てみる。

柊也の記憶と比べると、ブルは昔より一回り以上小さくなっていた。柊也が成長したのかブルが老いたのだろうか。おそらくはその両方なのかもしれない。

「あれ……おめえさんひょっどして」

ブルはしゃがれた声でそう呟いたあと、小さな目で柊也の顔を見つめてきた。

「……ひょっどするど秋雄ちゃんとこの孫さまでねえが？　あの、あっちの、坂の上のほうさ住んでいる」

「えっと……はい。そうですけど……」

いきなりそう言われて柊也は面食らった。まさか、自分のことを覚えているとは思わなかった。

「久しぶりだなあ。秋雄ちゃんは元気かい？」

「ええと……まあ、その……元気です」

まさか祖父がペンギンになったと言えるわけがない。

適当に誤魔化して帰ろうと思ったその時、いきなり背中のリュックが開いてペンギンが顔を出した。そして「メー」と一鳴きした。

やばい、と思ったときにはすでに手遅れだった。老人はペンギンと目を合わせたまま数秒固まった。それから、

「なんだい？　それ……」

とシジミのような目を見開いた。

「もしかして……秋雄ちゃんがい？」

唐突にそう言った。

「えっ……」

柊也はごくりと唾を飲み込んだ。

祖父の秋雄はある朝突然ペンギンになっていました——。

と柊也は極めてシンプルに説明をした。流石に「バカにしてるのか」と怒られるのかと思いきや、ブルは小さな目を丸くしていたのみで、特に声を荒らげるようなことはなかった。

数秒固まったのち、

「中さ入りへ」

と、店の奥に二人と一羽を上げてくれた。

店の奥はブルの自宅になっていた。八畳ほどの部屋の中央に置かれた丸いちゃぶ台の前に座らされ、出されたかき氷をご馳走になった。居間も古めかしい様相だったが幸いなことにクーラーがついており、店舗と比べると随分涼しかった。

「まさがあ、秋雄ちゃんがね……」

ペンギンをまじまじと見つめながら、ブルは心底驚いているようだった。

ブルと祖父とは幼馴染だったようだ。近頃は疎遠になっていたらしいが、そんなこと祖父の口からは一言も聞いたことがなかった。

「近くさ住んでいながらもう何年も会ってながっだもんだがらさあ。どしてるべなって心配してたんず。したばって、まさがペンギンさなってまったどはねえ……」

独り言のようにぶつぶつとブルは繰り返した。

柊也はその様子を不思議に思いながら見つめていた。

なぜブルは祖父がペンギンになったことを見抜いたのだろう――と。

「あの、すいません。どうしてそのペンギンが祖父だってわかったんですか？」

「なしてそんことさなったのさ……」

いくら訊いても、ブルは柊也の疑問に答えてくれない。ひたすらに何やらぶつぶつと繰り返している。

――ボケてるのだろうか？

だとしたら訊くだけ無駄かもしれないと、柊也は質問するのを諦めた。

ペンギンは旧友と再会したからなのか、涼しい室内のおかげなのか少し元気が出たようで、先ほどから翼をバタつかせながら機嫌よく鳴き声を上げ続けていた。

「ねえねえ。あの人、おじいさんの奥さん？」

スプーンを咥えながら、晴が仏壇の写真立てを指差した。はじめこそ怖がっていたが、不気味な強面にはもう慣れたようだ。

「ん。ああ、そんだ」

晴の質問は聞こえたらしい。ブルは仏壇から写真立てを手に取った。

「十年ほどさなるがな。病気でね、死んでまったの」

しゃがれ声が翳りを帯びた。

写真立ての中でにこやかに笑う色白の女性。ブルがブルドッグなら、女性は丁寧にトリミングされたポメラニアンといったところだろうか。久しぶりに見たその顔は、とても懐かしく思えた。上品な印象の奥さんは、若い時は結構美人だったのだろう。

この店は元々夫婦で切り盛りしていた。たしか月曜から水曜まではブル、木曜から日曜日までは奥さんが店番をしていたはずだった。

「あれは優しくで子供たちさ人気があってなあ。おらが店番だば、わらはんどみな怖がってだあれも近づかないのに」

ブルは自虐気味に笑う。晴もつられて笑った。

「あれだばおらより好かれてだけんど、その分ナメてかがるわらしも多くてなあ。万引きはあれが店番の時にだけ起きでたんず……」

ブルにジロリと横目で見られた柊也は、一瞬身を強張《こわば》らせた。

小学校の時、誰かが言っていた。おばさんの時は万引きしても気づかれない——と。

誰かがやり始めたのをきっかけに、柊也も何回か真似るように駄菓子をくすねた。

「……まあ、色んな子がやってたし、誰がしていたとかは一々覚えてねえけどもさ」

ガラガラした声でブルは笑い、立ち上がった。

「あはは……」

と、柊也も誤魔化すように笑った。

「それに、あいつは万引きさ気づいていた。気づきながらもあえて咎《とが》めなかったのさ。何故だがわがるか？」

写真立てを仏壇に戻してから、ブルは柊也の正面に腰を下ろした。

「……さあ？」

柊也は目をそらしながら、首を傾げてみせた。

「……おらにもね、わがんねえんだ」

目の前にちょこんと座った老人は、少し悲しそうに呟いた。

「奥さんに訊かなかったの？　なんで怒らないんだって」

晴が不思議そうに訊ねた。

「訊いたさ。でも、いっつもはぐらかされた。おらは問い質《ただ》さながった。できながったのさ」

「どうして？」

「……そのことで責めたりしたくなかったのさ。いや、それで喧嘩さなるのが嫌だったからかもしれねえ。多分おらは、あいつと何一つ本音で向き合えていながった……」

消え入るような声だった。

沈黙が居間に流れた。古い柱時計の振り子の音だけが響いている。時刻はもう四時近くになろうとしていた。

「……じゃあ、そろそろ……」

「孫さんは今、何年生？」

気まずさに耐えかねて腰を上げかけた時だった。ブルが唐突に質問をしてきた。

「えっ？」

「高校生？」

「……えっと、まあ、その……はい」

「どこの高校？」

「えっと……」

悪気なく追及してくるブルに、柊也は言い淀んだ。

「定時制の高校だよね」

横から晴が口を出してきた。

「ああ、そうなんだ」

と、しつこく訊いてきた割に大して興味がなさそうに返すブルに、柊也はただ引きつった愛想笑いで返す他なかった。

「でも、秋雄ちゃんが羨ましいよ」

駄菓子屋を後にする際、ブルはしみじみとした口調で言った。

「こんな良い孫たちに囲まれてさ。本当に羨ましい。おれには子供がいないから。女房に先立たれてからは一人でいることが心底寂しくて、虚《むな》しい。店を開けても流行《はや》らない駄菓子屋なんて子供たちに見向きもされない」

ブルは柊也に背負われた旧友に恐る恐る手を伸ばし指先で触れた。ペンギンは黙ってその皺《しわ》くちゃの手を受け入れる。

「なんならいっその事、おらもペンギンさなっちまわねえがなあ……そすれば、わらはんどから怖がられなくなって、また店にいっぱい来てくれるかなあ……」

独り言のようにブルはぼやいた。それに反応したかのようにペンギンが鳴いた。心なしかいつもより大きな声のようだった。

「……また明日も来ていいですか？」

深く考えもせずに、柊也は口走っていた。

「さっきはありがとうな」

家へと帰る道すがら、柊也は晴に礼を言った。

「これは貸しだかんな」

「うるせえよ」

生意気に笑う少女の頭を一瞬撫でてやろうかと手を伸ばしたが、柄じゃないなと思い直して、軽く小突いてやった。

「ねえ、また明日行くんでしょ？　駄菓子屋さん」

「ああ、あそこなら涼めるしな」

またあれこれ詮索されるのは嫌だったが、この暑さから逃れるためだ。背に腹は代えられない。それに明日も来ると言ってしまった手前、寂しそうな老人を裏切るような真似はしたくなかった。

日はまだまだ高い。夏の夕暮れはまだ遠く、真昼よりも少しだけ柔らかな風が冷房で冷えた身体には心地よかった。

翌日は昼食をとってからすぐ駄菓子屋へと向かった。もちろん、ペンギンをリュックに入れて共に向かう。駄菓子屋に着くと店の前には小学生くらいの女の子が二人居た。

興味ありげに外から店の中を窺っている。

女の子のうちのひとり、銀縁の丸いメガネをかけた子が振り向いた。晴を見て「あっ」と小さな声を上げた。もうひとりの三つ編みにした子に何やら耳打ちしている。晴は柊也のＴシャツの裾をクイッと引っ張った。

「……もどろう」

視線を地面に向けたままそう呟くと、晴は背を向けて今来た道を戻りはじめた。女の子二人組はこちらをじっと見てきている。柊也は晴の後に続いた。

晴は何も喋らず歩き続けた。そのまま来た道を辿って家に戻るのかと思いきや、反対方向の狭い小道に進んでいった。一体どこに行くというのだろうか。柊也は訊ねることはせずに、晴の後ろを少し距離を置いて歩き続けた。

ここ何日かは真夏日が続いていた。所々ひび割れたアスファルトからの照り返しで、全身の毛穴から汗が吹き出ている。

十分ほど黙々と歩いていると、小さな東屋《あずまや》が現れた。住宅街の狭い隙間を埋めるようにつくられた小さな公園だった。懐かしい場所だった。

晴が何も言わずに東屋のベンチに座ったので、柊也も隣に腰を下ろした。東屋の中は日陰になっており、ほんの少しだけ涼しかった。柊也は周囲に人の気配がないことを確認してから、リュックの口を開けた。ペンギンがひょこっと顔を覗かせた。家の外であることを承知しているからなのか、ペンギンは一鳴きもしなかった。

晴は黙ったままだった。柊也も何と声をかければよいかわからず、ぼんやりと公園を眺めていた。随分と久しぶりに訪れた公園は、その様相が大きく変わっていた。

小さいころ、柊也は祖父に手を引かれてよくこの公園に来ていた。ある日、柊也はジャングルジムに登って降りられなくなったことがある。半泣きになりながら助けを求めると、祖父の手によって抱きかかえられるかたちで降ろされたのだった。

降りられなくなったときに抱いた恐怖と助けられたときの安堵は今でも鮮明に記憶している。あのときの祖父の、頼りがいのあるゴツゴツとした手。

――随分小さくなってしまったな……。

リュックにすっぽりと入ったペンギンを見ながら柊也は改めて思った。

あの頃あったブランコやジャングルジムは撤去されており、バネの脚がついた古びたパンダの乗り物が一台だけ申し訳程度に残されているのみだ。寂れた空間で「ボール遊び禁止」という立て看板がやたらと目立っていた。端の方には今どき珍しい電話ボックスがぽつんと立っている。

沈黙した二人の頬を生ぬるい風が撫でていった。少しの涼も得られないままゆっくりと時が流れていく。

「……知ってる子？」

柊也が思い切って訊ねてみると、晴は俯いたまま、小さく首を傾げた。

「知らない子。でも、向こうはこっちのこと知ってるっぽい」

ピンクのサンダルが足元に落ちていた小石を蹴り飛ばす。小石は小さく放物線を描いて、数メートル離れた乾いた地面に着地した。

だろうな、と柊也は内心で呟いた。

「どうする？　このまま帰るか？」

「うーん……」

晴は半分脱いだサンダルをぶらぶらとさせながら、はっきりしない返事をしてきた。

「別に無理しなくてもいいぞ」

「無理じゃないけど……」

どうするべきか決めあぐねているようだった。

「じゃあ、帰るか」

茹だるような暑さの中、いつまでもここにいるのには耐えられそうもない。

「でも昨日、また行くって言っちゃったし……」

「まあ、そうだけど……」

「あたしたちが行かなかったら、ブルが悲しむと思う……」

晴はぽん、とサンダルを空中へと蹴る。夏の日差しを、キラキラとしたラインストーンが反射させて、宙に弧を描いて落下していった。

「じゃあ、行くの？」

片足でけんけんしながら、晴は投げ出されたサンダルの元へと進んでいった。サンダルを履き直してから、柊也のほうに振り向く。

「……いく」

約束は守らないと——と少女は小さく付け加えた。

ふたたびブルの駄菓子屋の前まで行くと、二人組の姿はなかった。

晴はほっとしたような表情を浮かべていた。

中に入ると、店の奥からブルが「待っていたよ」と顔を出してきて、柊也と晴は、そのまま夕方まで冷房の効いた居間で過ごした。

そしてまた、帰り際にブルがなんとなく寂しそうな顔をしていたので、柊也は「また明日も来ていいですか？」と言ってしまったのだった。


翌日も前日と同じ昼過ぎに駄菓子屋へと向かった。

駄菓子屋の前までくると、昨日と同じ女の子二人組が立っていた。二人組の姿を確認するやいなや、晴は踵《きびす》を返そうとする。

「あの……」

女の子のうちのメガネをかけた方が、声をかけてきた。

「糸川晴ちゃん……だよね？」

女の子が晴の元へと駆け寄ってくる。

晴は気まずそうな表情を浮かべながら振り向いた。「うん」と小さく答えた。

「わたしのこと覚えてる？　ほら、同じクラスの……」

どうやら女の子は晴の学校のクラスメイトのようだ。たったひと月ほどしか登校していない転校生の顔を、律儀に覚えていたらしい。

「あ、うん……」

昨日は知らないと言ってたくせに、晴は知っているかのようなふりをした。

「久しぶりだね。元気にしてた？」

「うん……」

晴はいつもと違い、なんだかしおらしいようすで、柊也の目にはその姿が新鮮に映った。

二人組はたまたま駄菓子屋の前を通りかかったものの、その不気味な店構えから営業中かどうかわからなかったのだという。店の中に入るとブルが出迎えてくれたのだが、初めて見た強面に、二人組は一昨日はじめて駄菓子屋を訪れたときの晴と同じ反応をしていた。

「この駄菓子屋さん、開いてたんだね」

「ずっと潰《つぶ》れているんだと思ってた」

と二人は口々に悪気なく言った。

いくつかの駄菓子を品定めしてレジまで持ってきたが、案の定ブルは計算に悪戦苦闘しているようだった。結局見かねた柊也が代わりに計算してやるはめになった。

「どうもねえ」と強面に不気味な笑みを浮かべるブルは、新顔のお客に満足気だった。

「晴ちゃんは何買ったの？」

「四角い、餅みたいなの」

「おいしそう！　これと交換しない？」

クラスメイト二人は、尻込みしていた晴と積極的に仲良くしようとしているようだった。晴は終始ぎこちないようすだったが、二人と別れる際には少しだけ表情が柔らかくなっていた。

「よかったな」

帰り道、柊也は鼻歌を歌いながら歩く晴の横顔に話しかけた。晴はなんだか機嫌が良いらしく、手にしたビニール袋をブンブンと振り回している。友達を連れてきてくれたと勘違いしたブルがお礼にと手持ち花火のセットのお土産をくれたのだ。

「何が？」

惚《とぼ》けたような表情で少女は訊き返してきた。

「あの二人。良い子そうじゃん」

「うん……そだね」

「仲良くなれそう？」

「まだわかんないけど……多分。まあ、一応」

晴は照れ隠しをするように、道に落ちていた小石を蹴ってみせた。

「あのさ……」

と、晴は柊也のTシャツの裾をくいっと引っ張る。

「花火。今度一緒にやろうね」

無邪気にはにかみながら小指を差し出してきた。

「いいよ」

柊也も小指を出す。

「やくそくね！」

晴は幸せそうに笑った。


「よお、少年」

不意に声をかけられたのは、柊也が晴をアパートまで送り届けて帰ろうとしたときだった。

菜月はベランダから顔を覗かせていた。

随分と久しぶりのような気がした。

その表情は以前のような飄々としたものだった。あの日の今にも泣き出しそうな幼い子供のような顔は見当たらなかった。

「久しぶりだね」

そう言いながら菜月はタバコを取り出した。ライターの音がすると、間もなく甘い煙が漂ってくる。

「えっ、ああ。お久しぶり……です」

柊也がたじろぎながら答えると、菜月は苦笑した。

「どうした？　そんなに動揺して……」

からかうような、いつもの口調だった。

「どうしたって……」

柊也は口ごもった。菜月はあの日のことは完全になかったものとして扱おうとしているのだろうか。

「……まあ、そうなるよね」

菜月はため息をつくかのように、煙を宙に吐き出す。

「この間はごめんんね。雨の中……変なことにつき合わせちゃって……」

視線を川へと向けたまま、菜月は謝罪の言葉を口にした。

「いや、べつに……」

何と言ったらよいのか、柊也はわからなかった。そのまま二人は押し黙った。

今日もセミがやかましく鳴き続けている。それをかき分けるようにして、どこから か祭の囃子の音が聞こえてくる。今夜で祭は最終日だったはずだ。祭が終わるのと同 時に、この街の短い夏も終わりを迎える。暑さのピークはあと一週間ぐらいだろう。

夏なんて早く過ぎ去ればいいと思うのに、いざその時となると柊也はなんとも言え ない寂寥感《せきりょうかん》に襲われるのだった。

「あの……」

柊也は切り出した。

「なかったことにしませんか?」

「は?」

柊也の言葉に、菜月はぽかんと口を開ける。

「あの日のこと……なかったことにしましょう」

「なかったことって……」

いきなり言われて、菜月は困惑しているようだった。

「おれ、忘れます。きれいすっかり、あの雨の日のこと。おれは何も見てないし、何も手伝ってない……」

菜月は灰皿にタバコを押し付けた。

「優しいんだね。少年は」

鉄の柵にもたれかかりながら、菜月は力なく笑ってみせた。

「でもさ……」

と菜月は物憂げな視線を向けてくる。

「そんな簡単になかったことにできるもんかね？」

「でき……ます」

「ほんとに？」

「はい……多分」

「多分って！」

菜月は突然大きな声を上げた。

「そこは自信もって言い切って欲しかったな」

にひひ、といつものように笑ってみせた。その笑い声を聞いて、柊也は少し安堵した。

「いや、でも忘れます。だから……」

口の中が異様に渇いている。柊也はごくりと唾を飲み込んでから続けた。

「だから、また前みたいに話したいです……」

自分でも驚くくらいに早口で言ってしまっていた。

「……そうだね」

菜月は新しいタバコを一本取り出して、また火を点けた。タバコを咥えた横顔は、あいかわらず綺麗だと、思った。

「忘れられるといいのにね……」

煙が川へとゆっくり流れていった。


その翌日もまた、昼食の後駄菓子屋に向かった。今度は女の子が他のクラスメイトたちを呼んだらしく、昨日よりも人数が増えていた。

計算がおぼつかないブルを見かねて、柊也が代わりにレジに座った。

「すみません。これください」

「はい。三十円」

「これいくらですか？」

「えーっと、五十円だね」

「すいませーん」

口コミが広がりつつあるのか、小学生たちは引っ切り無しにレジに列を作っていた。ブルとペンギンには子供らの目に触れないように店の奥の居間で待機してもらっていた。幸いペンギンは大人しくしており、子供達に感づかれることはなかった。

晴は晴で忙しそうにしていた。

「どこから転校してきたの？」

「夏休みの宿題してる？」

「夏休み終わったら学校来られる？」

見知らぬクラスメイトから次々と繰り出される質問に、晴は一つ一つ丁寧に答えているようだった。柊也はその様子を横目で気にしながら、小学生たち相手に接客をしていた。


その次の日も昼過ぎに駄菓子屋に足を運んだ。今度はさらに倍以上増えて、二十人近くの子供たちが集まっていた。

一通り小さなお客をさばき終わると、店の奥からブルが冷たい麦茶を差し出してきた。

「ここ何日が賑《にぎ》やかで嬉しいね。おめえさんだちのお陰だな。どうもありがとう」

ブルは細い目をさらに細めていた。どうやら上機嫌らしい。

「いや、別に……」

「何だったら毎日来てくれても構わないよ」

「えーっと……考えておきます」

この流れなら明日も来なければなるまい。覚悟しておいたとはいえ、正直疲れる。

「しかしまあ……」

ブルは声をひそめた。

「おめえさんも大変だったろうね……。ご両親がいなくなっで秋雄ちゃんまで……」

「はあ……そうっすね」

「お父さんもお母さんもいねぐなってまって、それで今度は秋雄ちゃんが鳥。鳥？　鳥だべが？　まあ、鳥さなっちまうだなんて……。さぞかし辛《つら》かったろう？」

「……いえ、別に」

「気をしっかりとね。困ったことがあったらいつでも相談にきなさい」

そう言ってブルはさらに白玉ぜんざいを出してきた。

父も母も、もういないし二度と戻ってはこない。そして、恐らく祖父も――。触れられたくない現実を改めて思い知らされて、とてもぜんざいに手をつける気分にはなれなかった。

その日の帰り道。鼻歌を歌いながら闊歩《かっぽ》する晴とは対照的に、柊也は少し不機嫌だった。

「どうしたの？」

「……別に」

「ふーん」

晴は訊ねてきたものの深く追及はしてこなかった。小学四年生にしては人の顔色を窺うことに長《た》けているようだった。

「……あのね」

と晴は柊也のTシャツの裾を引っ張った。

「何？」

「えっと……やっぱ何でもない」

晴は誤魔化すように笑って、それから気まずそうに黙ってしまった。

柊也にしては忙しい日が続いていた。涼しい場所で一日過ごせるのはありがたかったが、駄菓子屋には連日大勢の子供たちが訪れるようになっていて、それに比例するように柊也の仕事が増えていった。レジの計算のほかに裏の倉庫から商品を取り出してきて店頭に並べたり、ブルがどこからか見つけてきた古いかき氷器で氷を削ったりと、一人ですべてこなすのは中々大変だった。

忙しくする柊也を尻目に、晴はクラスメイトたちと打ち解けている。最初の緊張した面持《おもも》ちは消え失《う》せて、いつもの自然な笑顔を見せるようになっていた。二人のようすを、ブルとペンギンは店の奥から目を細めて見守っていた。

八月の末。もうじき夏休みが終わるであろう頃だった。結局柊也と晴は八月中、ほとんど毎日駄菓子屋を訪れていた。

連日の繁盛により、次第に品切れする商品がちらほらと出始めていた。

「店を畳もうど思ってさ――」

仕入れはしないんですか？　と柊也が訊ねると、ブルの表情は少し曇った。少し黙ったあと、言いづらそうにそう切り出してきたのだ。

「えっ？　どうして……」

来店する小学生たちは日に日に増えていたはずだった。

「この八月いっぱいで閉めるって。前々から決めてたんず。近頃はここさ来てけるわらはんどもまったぐいねがったもんだからさ……」

ブルは寂しげな、しかし晴々としているようにも見える表情だった。

「でも……」

と柊也はブルのほうへ前のめりになった。

「せっかく子供たちがまた来てくれるようになったんだし……もったいないですよ」

「だけどもなあ。おら、まともに計算もできなぐなってまったしな……。お兄ちゃんも夏休み終われば毎日これなぐなるんだべ？」

「いや、それは……」

毎日が夏休みのようなものだったのだが、ブルは柊也が学校へ行っているものだと勘違いしていた。

本当のことを告げようとしたが、それを遮るようにブルは「もういいんだ」と言った。

「もう、決めたことだから……。それに、最後にたくさん子供たちが来てくれてよかった。もう、思い残すごとはねえ……」

しみじみとした口調だった。ブルはふらつきながら立ち上がると仏壇まで歩いていき、抽斗《ひきだし》から何やら取り出した。茶封筒だった。それを柊也に差し出してきた。

「今日までありがとうね。これ、ほんの少しだけども……」

ブルの垂れた頬の肉が、わずかに持ち上がった。

「……受け取れないです」

それを手で制した。

「なしてさ？」

「だっておれ……昔……」

言おうか言うまいか躊躇《ちゅうちょ》している柊也の胸に、ブルは封筒を無理やり押し付けた。

「いいのいいの。良ぐねえわらはんどはたくさんいだがら。わがってるから。それに……」

ブルは仏壇の写真を見遣《みや》った。

「ただでコキ使ったってなれば、おら、向こうさ行ったとき母っちゃさ叱られでまうよ」

ブルが力なく笑う。

「たそがれどきだなあ」

ブルはそう言って西日が差し込む窓を見遣った。沈みつつある夕日は空を真っ赤に染め上げていた。

「人も街も子供も……みんな変わってまった」

ため息まじりにブルが続ける。

「変わったことばかりさ目がいって、そこのことが嫌でたまらながったのさ……」

鳩時計が鳴って六時を知らせた。店は閉めたが、外からは子供達の足音と声がいまだに聞こえてくる。その中には晴もちゃんと混ざっているようだった。

「でも、ほんとに大事なもんは……」

ブルはちゃぶ台の前に鎮座したペンギンのほうに視線を下ろした。

「意外と変わってねえもんだんず。変わってるように見えでもな」

ブルの言葉に呼応するようにペンギンが「メー」と鳴いた。

「最後まで面倒見てやれ。大変だろうけどもさ」

柊也は次第に鼻の奥が熱くなっていくのを感じていた。

「……またここに来てもいいですか？」

「閉まった店さ来てどうすんのさ?」

ブルは自嘲するように笑った。

「もう来なくていい」

まるで拒絶するような口ぶりだった。

「へばな。秋雄ちゃん」

ブルはかがんでペンギンの翼を握手するように摑む。

「メー」

とペンギンは鳴くだけだった。

「さみしくなるね」

虫の音が鳴り響く帰り道。空は紫色に染まり、あたりは暗くなりはじめていた。すっかり日焼けした晴が、ぽつりと呟いた。

「そうだな」

柊也が改めて封筒の中を覗くと、五万円入っていた。

こんなにもらってしまってよいのかと悩んでいると、また晴が柊也のTシャツの裾をくいっと引っ張った。

何やら言いづらそうにもじもじとしている。

「あのさ……」

「どうした？」

「えっとね……あたしさ……学校に……行ってみようと、思うんだ」

訥々《とつとつ》と少女は言った。

「……いいんじゃない？」

素っ気なく返す。何となく予想はしていたことだった。

「何か怒ってる？」

「別に……」

「怒ってんじゃん」

晴は不安げに柊也を見上げてくる。

「別に怒ってねえし」

苛立《いらだ》ちを隠しきれず、つい語気が荒くなる。

八月の終わり。青臭い草むらから聞こえてくる鈴虫の声は、すでに秋の到来を告げているようだった。生ぬるい風が冷房で冷えた肌には心地よく思えた。

「学校、だいじょうぶかなあ……」

晴がぽつりと呟く。

「大丈夫だろ。たぶん」

前を向いたままぽん、と晴の頭に手をおいた。気のせいか、晴の身長はまた伸びたような気がする。

「うん……」

そのまましばらく二人とも黙ったまま、夜道を進んだ。

「それからさ……」

と晴が切り出してきた。

「夏休みの自由研究……手伝ってくれない？」

この前言おうとしていたのは、どうやらこのことだったらしい。

「いいけど……何やるの？」

柊也のその一言で、少女の顔はぱっと明るくなった。

「んーとね。じいちゃん！」

「は？」

「……じゃなくてフンボルトペンギンのせーたい？　をまとめてみたいの。壁新聞に」

それなら楽勝だな、と柊也は笑う。なにせ現物がいるのだから。

どこからか聞こえてくるキジバトの鳴き声に反応したのか、背中のペンギンが一声鳴いた。

7月21日

このところ、一週間くらいずっと雨の日が続いていた。アパートはずっとむし暑いから、エアコンがあるシュウの家は最高のひ暑地だった。

さいきん、シュウは私をアパートに送ってきたあと、一〇一ごうしつの女の人と、よく話をしている。私はそれをこっそりと、二かいの部屋のまどからのぞいている。何を話しているのかはわからないけれど、時々二人の笑い声が聞こえてきた。たぶん、私とはしないような話をしているんだろう。私よりずっとかしこいハルともしないような、そんな話を。

そう思うとそれが何だかとてもくやしく思えてきた。シュウに友達がいるってわかったときと同じくらいに。

シュウはしばらくして帰っていった。

ふたたびシュウの姿を目にしたのは、日付が変わった真夜中のことだった。はげしい雨が屋根をたたく音で、私は目覚めた。

時計を見ると午前二時だった。何とかもう一度眠ろうとがんばってみたけれど、すごいいきおいの雨と風がこわくて眠れなかった。

眠れずにいるうちにトイレに行きたくなったので、私はふとんから出た。トイレを出て手を洗おうと台所に行くと、まどの向こうのうら庭に人かげが見えた。

一人はシュウだと、すぐにわかった。もう一人は女の人、たぶん一〇一ごうしつの人みたいだった。かっぱを着たその二つのかげは、シャベルを手に地面に穴をほっているようだった。

一体、どうして穴をほっているんだろう。それもこんな真夜中に。

私は気づかれないように身をひそめながら、二人の様子をじっとうかがっていた。穴をほるのをしばらく見ていたけれど、そのうち眠くなってきたからふとんにもどった。

ふとんに入ってからもなかなかねつけなかった。

7月22日

昨日の分の日記といっしょに、今日の日記をシュウの家で書いている。

シュウはどうやらかぜを引いたらしい。熱があるみたいで私はびょういんに行ったほうがいいんじゃない？　って言った。でもシュウはねてればなおるからって、私にペンギンの世話をたのんで自分の部屋にもどっていった。たのまれるのはちょっと大人あつかいされているようで、何だかうれしかった。

シュウがかぜをひいたのは、雨の中穴をほっていたせいだろう。私はそのことをたずねてみようかと思ったけれど、できなかった。

一体なぜ、どうしてあの女の人と庭に穴をほっていたのか。気になってしかたがなかったけれど、なぜだかきくのがこわかった。きいたらダメだって、そんな気がしていた。

だから、何もきかず、何も見ていないし知らないふりをすることにきめたのだ。

私は一日中、シュウがやっているのをまねて、ペンギンにえさをやったりした。たまにシュウの部屋に行って「だいじょうぶ」ってきいたけれど、シュウはぐっすりねていてはんのうがなかった。ちょっと心配だったけれど、子供の私にできることって、ほとんどなかった。おかゆとか作れたらいいのになって思いながら、私は水につけたタオルをしぼって、シュウのひたいにのせた。

シュウはたくさんあせをかいていた。何かこわいゆめでも見ているのか、うなされていた。

私はママがむかしやってくれた（たぶん）ように、あせがうかんだ額に手をのせた。てのひらに、じんわりとねつがつたわってきた。よしよしとなでてやると、少しだけシュウの顔が安心したかのようにゆるむのがわかった。

「はやくよくなってね」

と、私は言った。シュウがいないとつまらない。ペンギンといても、私はハルのようにペンギンの言葉がわかるわけではないから。

そこで、私はいつのまにかハルを呼ばなくてもシュウと話せていることに気がついた。

8月10日

おとといからシュウの家のエアコンがこわれていた。

アパートと変わらない暑さで、ペンギンもまいっているようだった。私はひ暑地を求めてスーパーまで行くことをていあんした。ペンギンを入れたリュックをせおったシュウといっしょに、暑い道を歩いていくと、だがしやがあらわれたので、入ってみることにした。

だがしやに入るのははじめてだった。やすいおかしがところせましとならんでいて、いるだけでなんだかわくわくする場所だった。

ブルドッグみたいなこわい顔した店のおじいちゃんは、シュウのおじいちゃんの友達だったみたい。

だがしやのおじいちゃんがシュウに「高校は？」ときいてきて、シュウは困っていたので、私はとっさに「定時せいの高校だよね」とたすけぶねを出した。われながらナイスだったと思う。シュウに貸しを作れたし。

こういうとき、いつもならハルに助けを求めていた。私が困ったときや、知らないだれかと話さなければならないとき。それに何かをがまんしなければならないとき。いつもハルが勝手に出てきて助けてくれていた。でもここ最近は、勝手に出てくることがなくなっていた。呼び出せば出てきてくれるのだけれど、今日みたいなときでもとっさに自分でなんとかできてしまうことがふえていたのだ。

8月11日

今日もだがしやまで涼みにいった。

だがしやの前まで行くと、店の外に二人の女の子たち立っていた。中のようすをうかがっているようだった。その二人はたぶん、クラスメイトだと思った。前に図書館で、私のことをじろじろ見てきていたうちの二人だった。

私とシュウのそんざいに気がつくと、なにやらこそこそと話をしていた。私は気まずくなってシュウのTシャツのすそを、ひっぱった。

シュウはさっしてくれたのか、いったん近くの公園まで道を引き返してくれた。シュウはやさしい人だと思った。たぶんハル以外で、私がこれまで出会ってきた中で、私の気持ちをわかってくれる人だ。それはシュウが私と同じような子供だったからなのかもしれないなんて思ったけれど、よく考えてみたらシュウもまだまだ子供だった。「今日は帰るか?」とシュウは言ったけれど、ブルに今日も行くと言ってしまっていたから、このまま行かないのは良くないと思った。あの二人に会うのは何となく気まずかったけれど、私たちはもう一度だがしやに足を運ぶことにした。

だがしやに行くと、あの二人のすがたは見えなかった。少し、というかけっこう安心してしまった。

8月12日

今日もだがしやの前まで行くと、またあの二人がいた。二人は私を見ると、声をかけてきた。

メガネの方がユウナちゃんで、背が高いほうがアオイちゃんっていうらしい。二人ともやっぱり私のクラスメイトらしかった。話してみると、すごくいい子たちだった。いっしょにだがしやに入って、おかしをこうかんしたりした。楽しかった。気がついたらシュウのことをそっちのけで三人で話しこんでいたから、そのことでちょっぴりもやもやしていた。

ブルがおみやげに手持ち花火をくれたので、シュウといっしょにやる約束をした。あの二人もさそおうかといっしゅん思ったけれど、やっぱり花火はシュウと二人でやりたかったから。指切りをしようとすると、シュウはちょっぴり照れながらしてくれた。

8月18日

だがしやに子供たちが集まるようになってきた。私はユウナちゃんたちからクラスメイトをたくさんしょうかいされて、知り合いがふえていた。みんなやさしい子たちばっかりだった。これなら学校へ行ってもいいかもしれない、って本気で思いはじめていた。

でも、そうしたらシュウはどうなるのだろう。一人ぼっちになってしまうのではないだろうか。そのことが気がかりだった。

迷っていたけれど、私は学校へ行きたいと思っていた。そんな風に思えるなんて、少し前までの自分では考えられなかったことだ。

思い切って、二学期から学校へ行こうと思っていることを、シュウに言うと、シュウは「いいんじゃない」と言ってくれた。ちょっとおこっているような口調に聞こえた。

私はそれから夏休みのしゅくだいのことを思い出した。先生が家に届けてくれていて、新学期に登校するのなら、しゅくだいは出さなきゃいけなかった。

シュウはおこっているように見えたけれど、しゅくだいの手伝いをお願いすると、いいよって言ってくれたから、少し安心した。

自由けんきゅうはペンギンのことをまとめようと決めていた。私はたぶん、ほかのどの子よりもペンギンにくわしい自信があったから。

ボイスレコーダーの書き起こし
鳴海柊也の小中学校の同級生

——ああ、よく覚えているよ。あいつについてってよりも、事件について。この前も同窓会あってさ、そういう時の話題には、必ず上がるよね。

——あいつ自体についてどんな奴だったかって訊かれても、印象薄い奴だよなあとしか。俺以外でもたぶんそう答えると思うよ。事件が起きたあと、テレビとか週刊誌の記者とかがさ、色んな同級生とかに訊いて回ってたみたいなんだけど、どいつもこいつも「特に印象がなかった」みたいな感想しか言えない感じでさ。

――あいつと仲良かった奴？　うーん……やっぱり宗像かな。知ってるでしょ？

――親友……なのかな。でも対等な感じじゃないっていうか、宗像の子分とまではいかないけど、宗像の後ろをついて回っているような感じ？　なんというか、あいつ自体に意思があんまりない感じでさ。物事を自分で決められないような感じに見えたっていうか……。まあ、それは関わりが薄かった俺の目に見えたってだけだけど。本当にどういう関係だったかはわからないけどさ。

――事件後の周りの反応？　まさかって意外な感じと、あいつならやりかねないかもみたいな感じがちょうど半々くらいじゃないかな？　ちょうど俺もそんな感じだったし。でもまさか、同級生からそういうのが出るってさ。やっぱりあんまりないよね。

――今の行方《ゆくえ》？　さあ、知らないな。

秋

朝七時。

今日もまた階下から聞こえてくる鳴き声で、不快に目覚める。無視を決め込んでやろうかと思いつつも、次第に鳴き声は大きくなっていった。近頃また、あのシバタとかいうラクダの民生委員が、頻繁に来訪するようになっていた。

祖父に会わせるようにとの要求を適当な嘘で退けるのも、そろそろ限界を感じている。

一体どうすればよいのだろうか——。

布団の中であれこれ考えているうちに、どんどん鳴き声は大きくなっていく。仕方がないと布団から出ることにした。

一階に降り台所から餌を取り出して和室に赴くと、すっかりそこに馴染んだようすのペンギンが待ち構えていた。

「メーメー」

柊也のことを待ってたのか、それとも餌の到着を待っていたのだろうか。何とも判断しかねる鳴き声で出迎えてくれた。

ゴム手袋をはめて冷凍庫から取り出してきたキビナゴをレンジに入れる。解凍したそれを眼前にぶら下げると、ペンギンは勢いよくそれを丸呑みした。餌に関しては色々と調べた結果、イワシやキビナゴを塩水でつけたものになっていた。本来は海水につけたほうがいいらしいのだが、生憎と内陸では海水は手に入りづらい。

夏に一時期落ちた食欲は戻りつつあるようだった。キビナゴを平らげると、満足したかのように脱糞した。それを片付けてから柊也は昼まで二度寝するために自室へと戻った。


二学期が始まるのと同時に、晴は学校へ通いはじめた。当然朝から登校しているので、ペンギンに朝飯をあげに来ることはなくなった。今では学校帰りの夕方にたまに顔を出すのみとなっている。

柊也ははじめ、何となく晴はまたすぐに通わなくなると思い込んでいたが、その予想は見当違いだったようで、順調に登校を続けている。

季節が変わり、朝晩めっきり冷え込むようになっていた。布団から半身を起こすと、窓の外から登校中の小学生たちの声が聞こえてきた。

ほんの少しだけ、面白くなかった。

でも、ほんの少しでもそんな風に思っている自分が本当に嫌だと、柊也はふて寝をするかのようにふたたび布団に潜り込んだ。


目が覚めたのは午後一時過ぎだった。

慌てて階下に降りてペンギンに昼食の給餌をする。自分も何か食べようかと思ったがそこまで腹が空いていないので冷蔵庫からコーラを取り出して一口飲んだ。

この頃は、昼食をその時の気分で摂らない日が多くなっていた。以前は晴がいたのでちゃんと食べていたものの、最近は簡単な調理をすることも億劫になっていたのだ。

暑さのピークが過ぎ、過ごしやすい日が続いていた。窓の外を見やると穏やかな日差しの秋晴れの空が広がっている。

換羽期を終えたペンギンは以前のようなべたべたした毛並みに戻っていた。柊也はすんすんと鼻を鳴らした。独特なペンギン臭にはすっかり慣れてしまったので、嗅覚はだいぶ鈍くなっている気がする。そういえばもうずいぶんと風呂に入れていなかったことを思い出し、せっかく天気がいいのだからと、柊也は庭にビニールプールを出すことにした。

玄関を出て草が野放図に生えた庭に向かってからふと思い立ち、念の為玄関の鍵を閉めに戻った。名前のわからない脚の高い草は、柊也の胸のあたりまで伸びていた。それをかき分けるように進むと、枯れかけの一輪の向日葵《ひまわり》が目に入ってきた。萎《しお》れた向日葵は首を折るようにして、一人寂しく佇《たたず》んでいた。

アパートの裏庭と比べるとだいぶ広いこの庭は、昔、辺り一面に向日葵が咲き誇っていたという。その景色を柊也は実際には見たことがない。祖父から聞き伝えられたことだ。想像でしか知らない庭を黄色く色付けた向日葵畑に、思いを馳せた。

この向日葵はその時の生き残りなのだろうか。以前晴とペンギンをプールに入れたときには気がつかなかった。黄色い花弁はすでになく全体が黒っぽく変色している。花の中心部にはいくつもの種がびっしりと詰まっていた。

空気を入れたままにしてあったビニールプールは、庭の片隅に無造作に置かれてあった。

軽く手で押すと少しだけ萎んでいるようだった。空気を入れようかとしゃがんだ状態で迷っていると、背後の草むらからがさがさという音が聞こえてきた。

晴が来たのだろうか――。

と柊也は一瞬期待してしまった。

「こんにちは」

姿を現したのはラクダに似た初老の女だった。趣味の悪い幅広の帽子を被り、けばけばしいピンクの服の半袖から伸びた腕には日焼け防止のための黒いアームカバーを着けていた。

「お家のほうへ伺ったのだけれど、鍵がかかっていたものだから……」

おほほ、とラクダ女は誤魔化すかのように笑った。

さっき施錠していなかったら、この女は勝手に家に上がり込んでいただろう。ペンギンとラクダが鉢合わせした場面を想像してみたら肝が冷えた。

「……なんか用っすか?」

不機嫌を隠そうともせず、柊也はぶっきらぼうに訊ねた。

「いや、ほらね。今日はこれを渡そうと思って」

そう言って民生委員は、腕にぶら下げていた紙袋を柊也に押し付けてきた。

「……なんすか? これ」

袋はずっしりと重みがあり、中には四角いタッパーが入っていた。

「アップルパイ。あたくしが焼いたんですけどよかったらどうぞ」

女は笑うとやたらと大きな口がぐにゃりと歪んで、さらに面白い顔になった。

「はあ、どうも……」

ラクダ女の作ったものなんて正直食べる気にならなかったが、突き返す訳にもいかず、とりあえず受けとっておくことにした。後でゴミ箱に直行だなと、心に決めていた。

「それで……」

民生委員は探るようないつもの目つきを向けてきた。

「おじいさまは、まだ？」

「はい。親戚の家に行ってます」

柊也はいつも通りにそう答えた。

「あらそう……」

ラクダ女は指でくいっとメガネを上げた。

「ほんとに親戚の家に？」

「はい。本当ですよ」

「ほんとは家にいるんじゃないの？」

「だからいませんって」

またいつも通りの押し問答がはじまった。このやりとりをもう、かれこれ十回は繰り返しているような気がする。

「じゃあ未成年の子が一人なんでしょ？　心配だわあ」

わざとらしい口調で、心にもない台詞《せりふ》を言ってくる。

「ほら、近頃物騒でしょ？」

「そうですかね……」

「そうよ。何年か前に男の子が行方不明になっているじゃない？　まだ見つかってないんでしょ、あれ」

「…………」

柊也はラクダ女を睨んだ。

「ちょっとお家に上げてもらえませんこと？　あたくしほら、民生委員だから」

と女はこれまたお決まりの文句を口にした。

このラクダ女が本当に心配しているわけではないことは明らかだった。やたらとまつげが長いその目は、心配とは口ばかりの個人的な好奇心に満ちているようだった。

外で捕まったのが運のつきだった。いつもなら強引にドアを閉めて終わらせてきたが、今回は二人を遮るものは何もなかった。家に戻る狭い小道は一本だけで、ラクダ女が仁王立ちして塞《ふさ》いでいる。強引に突き飛ばすことは簡単だったが、そんなことをしたらまた厄介なことになってしまうだろう。

一体どうしたものかと悩んでいると、ラクダ女の背後の草むらがガサガサと鳴った。

「あれ？　何してんの？」

草むらの陰から現れたのは菜月だった。最近では晴を送っていくことがなくなっていたので、随分と久しぶりに顔を見た気がした。

菜月は黒いTシャツにジーパンを穿《は》いたいつものようなラフな出で立ちだった。茶色い髪は以前よりも伸びており、頭頂部の黒い部分が大きくなって、より一層プリンみたいな色合いの頭になっていた。肌は相変わらず不健康そうに白いままだった。

「あら、こちらの方は……」

民生委員は訝しげな視線を菜月にぶつけながら訊いてきた。

「えっと……うちのアパートに住んでいる……」

「土田です」

菜月は柊也の言葉を遮るかたちで自ら名乗り、ぺこりと会釈した。

あらそう、とだけ言ってラクダ女は自分からは名乗らなかった。

「何か御用で?」となぜか柊也の訊くべき質問をラクダ女がしていた。

「アパートのお家賃のことでちょっと……」

と菜月は言葉を濁した。大方、また家賃を待ってもらえないかと頼みに来たのだろ
う。

「大家さんはご不在ですのよ。でしょう?」

とラクダ女は柊也を横目で睨んできた。

「ええ、知ってますよ」

菜月はにこりと笑ってみせた。柊也に普段見せる、どこか幼さを感じる気の抜けた笑顔ではなく、愛想笑いのような作られた表情だった。

「あらそう。ならどうしてここに?」

菜月のその態度が気に食わなかったのか、女の口調からはトゲのようなものを感じた。

「だから、そこの少年……お孫さんに相談を。大家さんからアパートのことを一任されているようなので」

菜月はラクダ女の物言いに若干たじろぎながらも、淀みなく答えた。

「子供にそういうこと任せるだなんて……。どうなのかしら、ねえ？」

とラクダ女はなぜか同意を求めるような口調だったが、頷く者はこの場にいなかった。少し気まずくなったのか、こほん、とわざとらしい咳《せき》払いを一つして、手に持っていた扇子を開いた。

「とにかく。ここ最近おじいさまの姿が見当たらないから心配してるんですの、あたくし。あなた」

ラクダ女は扇子で菜月を指した。

「ここ最近、大家さんの姿は見ましたか？」

「いえ、見てないですけど……」

「でしょう！」

となぜかラクダ女は勝ち誇ったかのような目つきで柊也を見てきた。

「あ、でも……」

菜月が突如思い出したかのように続けた。

「お電話でなら一度お話ししましたよ」

「は？」

ラクダ女が素っ頓狂な声を上げた。柊也もつられて声が出そうになったが、なんとか堪えた。

祖父と電話で話した――。

一体どういうことなのか、柊也も混乱していた。

「電話で……話したの？」

ラクダ女は、またもや疑うような口調で菜月に訊ねた。

「はい。お家賃のことで」

「それは確かにここのおじいさん……大家さんだったの？」

民生委員は狼狽《ろうばい》しているような口ぶりだった。

「はい。確かに、ここの大家さんでしたよ。親戚の家に滞在していてアパートのことは孫に一任してあると仰ってました」

対照的に菜月の声と表情からは、どこか余裕のようなものが伝わってきていた。

「あ、あら……そう」

ラクダ女は困惑したようすで黙り込んでしまった。黙ったままどこか疑うような目つきで、柊也と菜月をしばらく交互に見比べている。

「……とりあえず、今日のところは帰ります」

数分後、吐き捨てるようにしてラクダ女は庭を後にしていった。

「……なに、あのオバハン？」

女の姿が見えなくなると、菜月は大きめの舌打ちをしてみせた。

「近所に住んでいる民生委員です。じいちゃんに会わせろってしつこくて……」

柊也が答えると菜月はふーん、と大して興味なさげに呟いた。

「あの……」

柊也は菜月に訊ねた。

「じいちゃんと電話で話したって……」

「ああ、あれ？　嘘だよ嘘」

にひひ、といつものように菜月は笑った。

「少年が困ってたみたいだからさ。気を利かせてあげたのさ」

「……ありがとうございます」

感謝しろよ、と菜月は恩着せがましく言ってきた。

「……訳ありなんでしょ？」

菜月の問いかけに、柊也は顎を少しだけ引くようなかたちで頷いてみせた。

「まあ、深くは訊かないよ」

あたしもだしさ——と、菜月は呟いた。

「——それにしても、あいつムカつくね」

菜月は忌々《いまいま》しげな口調だった。

「そっすね」

柊也は同意する。

「今度また会ったらぶん殴ってやろうかな」

菜月は両手で拳を作りぽきぽきと鳴らしはじめた。

「えっ、ちょそれはさすがに……」

「冗談だよ」

にひひ、と菜月は白い歯を覗かせて笑う。

「わかりづらいっすよ」

と柊也はその顔を見てつられて笑ってしまった。

「ところで……」

ひとしきり笑ったあと、菜月は神妙な面持ちで切り出してきた。

「家賃のことなんだけど……」

「わかってますから」

半ば諦めたような口調で柊也が言うと、菜月は鼻先の前で手を合わせてみせた。

「助かる！」

目の前を赤とんぼが一匹、上空へと飛んでいった。

それを追うように見上げると、秋の空はどこまでも青く、うろこ雲が点々と広がっていた。


「――でさ、相談があるんだけど」

いつものファミレスでの夕方。宗像の取り止めのないホラ話に適当に相槌を打ちながら、三十分ほど経ったころだった。宗像が腕時計をちらりと見てから、唐突にそう切り出した。彼が柊也に対して相談を持ちかけてくることなんてまずなかったので、少し新鮮な気分だった。

「タカギっているじゃん。タカギユキノ」

「誰だっけ？」

「いや、お前さあ……」

宗像は口元を歪ませた。

「とぼけんじゃねえよ。お前が高木《たかぎ》のことを忘れるはずないだろう」

宗像の呆れたような表情を見ながら記憶を手繰《たぐ》り寄せると、脳裡に高木由紀乃《ゆきの》という漢字と顔がぼんやりと浮かんできた。

「……あー、うん。わかるような。そいつがどうしたの？」

「いや、最近ね。学校に来てないのよ。一週間くらい」

へー、と柊也は特に関心がないことを隠さず氷だけになったグラスをストローでかき混ぜる。

「普通に体調不良とかじゃないの？」

「いや、担任もそうだって言ってるけどさ……」

「じゃあ、そうなんだろ」

と氷をひとかけ口に入れて齧《かじ》る。

「いやいや。だってあの高木由紀乃だぜ？　小中高とずっと皆勤賞だった高木由紀乃がいきなり一週間も休むって、ちょっとおかしいだろ」

「……お前、そんなことなんで覚えてんの？」

「いや、覚えてるだろ。ふつう」

「いやそれ普通じゃないから」

とツッコミつつ柊也は何となく察した。どうやら、宗像は高木由紀乃に気があるらしい。

「いや、クラスの連中も心配してるみたいでさ。誰がメッセージ送ってもずっと既読無視しているらしい。グループチャット、お前もまだ抜けていなかったよな？」

「……ああ、そうだったっけ。忘れてたわ」

退学したときに抜ければよかったものの、何となくそのまま放置していたことを思い出した。

「見てみろよ」

「何でさ？」

「いいから！」

焦《じ》らすなとでも言いたげな宗像に促されるまま、携帯でメッセージアプリを開いて見てみる。

クラス全員が強制——あくまでも任意という体——で入っているそのグループチャットの最近のものを見てみると、男女問わずクラスのほとんどが高木由紀乃のことを案じているようだった。

体調大丈夫？　とか、いつでも話聞くよ、など各自がそれぞれの思いやりの言葉を投げかけていた。

宗像の言うとおり、高木由紀乃はクラスメイトの心配をすべて読んだ上で無視しているようで、その話題で持ちきりだった。

「おかしくね？」

と宗像が呟く。

「何が？」

「だってさ、ずっと既読無視してんだぜ。つまり色んな人のメッセージに目を通した上で無視してんの。そんなことしたらなんか感じ悪いよな」

「まあ、たしかに……」

心配のメッセージがうざいのであればわざわざ既読をつける必要はなく、未読のまま無視すればいいようなものだ。高木はわざわざ自分の印象を悪くするような、そんな要領の悪いやつではなかったと思っていた。

「既読つけてるってことは携帯は手元にあるし、一言返そうと思えば返せるわけだろ？」

「体調がよほど悪いとか？　メッセージを見ることはできるけど返すのはしんどい……みたいな」

「いや、それはないと思う。担任にそれとなく訊いてみたんだけど、そんな深刻な病気じゃないってさ。……詳しくは個人情報がなんたらで教えてもらえなかったんだけど……」

「じゃあ大丈夫じゃないの？」

柊也は半ば投げやりな態度で返した。

「いや、大丈夫じゃないって！　お前気になんないのかよ？」

宗像は痺《しび》れを切らした様子で貧乏ゆすりをはじめた。昔から何か思い通りにいかないとこうする癖があった。

「そんな親しくなかったはずだけど……」

「とにかく！」

ばん、とテーブルに手をついて宗像は身を乗り出してきた。先ほどからこちらをちらちらと見てきていた窓際の女子高生たちが「何あれ」「やばくない？」とくすくす笑っている。

「今日これから行ってみようと思う！　高木由紀乃の家に」

宗像が高らかに決意表明する。

「だから、柊也。お前も付き合え」

先ほどから何となくしていた嫌な予感が的中した。

高木由紀乃の家は、柊也の家から歩いて十五分ほどの距離にある。以前一度だけ来たことがあった。たしか小学校三年生の時だったか。何故だか急に彼女のほうから誕生日パーティに来ないかと誘われたのだ。

その時はろくに話したこともないのになんでだろう、と思いはしたが素直に嬉しかったと記憶している。でもしばらくして思い返したときに、あれは自分に対する彼女なりの同情だったのではないかと、子供ながらにひどく侮辱されたような気がして腹が立った。宗像以外に友達がおらず、一人でいることが多かった自分への哀れみ――。

優等生ぶった彼女の偽善に気づいてからは、意図的に距離を置くようになっていった。

そんな元クラスメイトの家の前に、柊也は一人立っていた。

比較的新しく見えるその家は、アイボリーの壁にレンガ調の茶色い屋根が映える、お洒落《しゃれ》な構えをしている。やたらと重そうな鉄製の黒い門扉の前から、家の中を窺おうと背伸びをしていた。

周りから見たら完全に不審者だろう。途中まで一緒に来ていた宗像は急に「腹が痛くなったから先に行ってて」と近くのコンビニに駆け込んだまま戻ってこない。

柊也の記憶が確かならば、二階正面に見えている窓が高木由紀乃の部屋だったはずだ。カーテンが閉め切られており、中のようすを窺い知ることは出来ない。いっそのこと表札の下にあるインターホンを押してしまおうかと悩んでいると、突然門扉の向こうの玄関が開いた。

現れたのは高木由紀乃だった。

やばい、と思いとっさに身を隠そうとしたが、あいにく目があってしまい、彼女の方からこちらに駆け寄ってきた。

「鳴海くん……だよね？」

「え……あ、うん」

高木由紀乃は柊也のことを覚えているようだった。そのことに柊也は驚いた。

久しぶりだね、と彼女ははにかんだ。色白の丸顔で目がくりっとしており、笑うと少しだけ前歯が目立つ。その前歯から小学校の頃はリスみたいな子だなと、柊也は勝手な印象を抱いていた。

まずいな、と柊也は焦っていた。ここで覗きまがいのことをしているのを見られていたのかもしれない。どう説明しようかとあれこれ思索していると高木由紀乃は唐突に、

「……中に入らない？」

と切り出してきた。

「え？　あ、いや、えっと……」

「今、誰もいないから」

動揺を隠せない柊也を尻目に、高木由紀乃は内側から門を開いた。

部屋に誘われたのだろうかという一瞬抱いた淡い期待は裏切られ、一階にあるリビングに通された。

さほど広くはないリビングは白を基調とした家具で揃えられており、中心に置かれた不釣り合いなほど大きなグランドピアノが部屋の面積を圧迫していた。

「すごいね」

促されるままダイニングテーブルについた柊也は、キッチンでお茶の準備をしている高木由紀乃に声をかけた。部屋着のような水色のパーカとショートパンツの彼女の姿はどことなく新鮮に見えた。

「えっ何が？」

「ピアノ。大きいなって」

「ああ、あれね……」

「まだ、ピアノやってたんだ」

　高木がピアノを習っていたことはよく覚えていた。中学校の時は合唱コンクールの伴奏でその腕前を披露していた。音楽は門外漢の柊也の耳でもうまいと思わせるほどだった。

「うん、まあ……」

　と高木は言い淀みながらティーカップを乗せた盆を運んできて、柊也の前にお茶を差し出した。

「ごめん……」

　柊也は思わず謝罪していた。

「えっ？　なんで？」

「いや、その……いきなり訪ねてきてしまって……」

「ううん、それは全然」

　伏し目がちに言う高木を見ながら、出されたお茶に口をつけた。柑橘系《かんきつけい》の香りがする紅茶だった。後味がすっとする。

「これ、美味しいね」

　生まれてはじめて紅茶がおいしいと感じた。

「そう？　それならよかった……」

と高木はほっとしたような表情をみせた。

「あのさ……」

と柊也と高木はほとんど同時に口に出していた。

「そっちからどうぞ」

柊也がぎこちなくレディーファーストの精神を発揮してみる。

「ううん。鳴海くんからで。お客さまだし」

と高木は淑女めいた振る舞いをみせた。

「えっ……じゃあ」

柊也は遠慮せずに言うことにした。

「高木さん、最近学校休んでるんだって？　なんか心配してるらしいよ。クラスの連中が……」

それを聞いていた高木の表情がわかりやすく曇っていった。真面目だが顔に出やすいタイプらしい。

「あー、そうなんだ……」

と伏し目がちにティーカップのふちを指でこする。

「やっぱり……あの事が原因?」

「それは……」

高木は声を詰まらせた。

空気が急に張り詰めたのを、柊也は肌で感じ取っていた。嫌な沈黙が流れる。

「……ごめん。わかりきったこと訊いて」

柊也が謝ると、高木は驚いた表情を見せた。

「いや、その……」

高木は口ごもった。

「それもあるかもだけど……それだけじゃなくて……」

消え入るような声で言ったあと、それからまたしばらく二人とも黙り込んだ。

さりげなく部屋の中を見回してみると、丁寧に掃除されているのか塵《ちり》一つないように思えた。それくらい綺麗だった。高木も高木の母親もおそらく綺麗好きなんだろう。

そんなことを思っていた時だった。

壁にかかった年代ものの柱時計がぼーんと重厚な音を鳴らした。目をやると針は四時を指し示している。

「……んーとね」

と高木は何か決心したかのように顔をあげた。

「実はね……私のおばあちゃん、行方不明なんだ……」

「えっ？……それって……」

予想外の高木の告白に、柊也はどきっとした。脳裡をペンギンがよぎる。何か他人《ひと》事《ごと》ではないのではないか、とそんな予感がしていた。

「一週間前からね。誰にも何も言わずに、急に家からいなくなった……」

高木は紅茶を一口飲んだ。

「……ってことになっているの」

さきほどからの浮かない表情が少し綻《ほころ》んだかのように見えた。

「『ってことになっている』ってどういう意味？」

柊也が訊くと、高木は笑いを堪えるかのように目を伏せた。

「おばあちゃんが行方不明になったって思い込んでいるの。両親と警察は」

ふふっ、とリスはこれまた上品に笑ってみせる。

「つまりほんとは行方不明じゃない……ってこと？」

「うん、まあ今現在どこにいるのかは私を含めて誰にもわからないから、行方不明っていうのは本当なの」

「はあ……。そうなの？」

何を言いたいのだろう。柊也にはさっぱりわからなかった。

「つまりね。おばあちゃんは行方不明になっているんだけど、あらかじめ私にはそうなることを伝えていたの。私にだけはね」

高木の声は愉快に弾んで聞こえた。

「……じゃあ、つまりおばあさんはとりあえず健在で、高木さんと共謀して周りの人たちを騙してる……ってこと？」

「そういうことになるね」

いたずらっぽく笑うと、大きめの前歯がちらりと見える。昔と変わっていなかった。

「えーと……おばあさんは何の目的でそんなことを？」

まさかいい歳こいて単なるいたずらってことはないだろう。

「……実はお父さんとお母さんがね、おばあちゃんを老人ホームに入れようとしていたみたいで……」

高木が言うにはおばあさんは御年八十歳で少しボケの兆候が見られていたものの、比較的矍鑠《かくしゃく》としている老婆だったらしい。それでも何かあったらいけないからと、高木の両親は本人には内緒で施設の選定をはじめていた。

それを偶然知ってしまったおばあさんは、密《ひそ》かに逃亡計画を立てて実行したのだという。孫にだけその計画を教えて、行き先は誰にも告げずに——。

「……元気なおばあさんだね」

行動力ありすぎだろう、と柊也は口には出さずに思った。

「うん。元々女学校で薙刀《なぎなた》の師範だったからね。今でも足腰は丈夫なの」

うきうきしたようすで、高木は語った。

「ここから逃げるときなんかね。私もちょっと手伝ったんだけど、二階の窓からカーテン伝いに下へ降りていったの」

どんな老婆だよ、と柊也は内心でつっこんだ。二階からカーテンを伝って逃亡する八十歳の姿を想像してみたら、シュールを超えてファンタジーだった。

「アクティブすぎない？」

「うん、そうだね。破天荒なところがあると思う……」

上品に紅茶をすする眼前の孫とはあまり似てないのかな、と柊也は思った。

「結局、おばあさんはどうして姿を消したのかな？」

柊也は思い切って訊いてみる。

「施設に入るのが嫌だったんだと思う。自由な人だったし……」

高木は視線を逸らすように、横に置かれたグランドピアノを見つめた。

「あのピアノね。おばあちゃんが失踪した翌日に届いたの」

「え？」

これまた愉快そうに、高木は話しはじめた。

「ピアノは好きだけどプロになれるほどの才能があるわけじゃないし、それにもうすぐ受験もあるからやめたらって言われたの……両親に」

高木はまた少し表情を曇らせた。

「だからこれがおばあちゃんから届いたときは驚いた。今までは部屋にある小さなアップライトを使ってたんだけどね。それも勝手に処分されちゃったから……」

どうやら高木の両親には当事者抜きで勝手に物事を進める癖があるらしい。

「このピアノが届いたのはね、おばあちゃんが私を焚《た》きつけるためだと思うんだ。『お前も戦え』って」

「……なるほど」

なかなか好戦的な老婆だと、柊也は感心した。

「でも、本当のところはよくわからないんだ。それでも、一つだけ確かなことは、おばあちゃんは『自分の意思で出ていった』ってこと。だから……」

高木は少し躊躇うようにしてから、目線を戻した。まっすぐに、柊也を見つめる。

「だから、私も自分の意思で戦うんだ」

そのくりっとした目からは確かな強い意思が伝わってくるようだった。

「……つまり」

柊也はまっすぐに見つめてくる高木の視線から少し目を逸らす。

「つまり、学校を休んだり、既読スルーしているのも高木の意思ってこと?」

こくり、と高木は頷いた。

「……うん」

「何でそんなことしてるの?」

「それは……」

少し言い淀んでから、高木は微笑《ほほえ》んだ。

「……学校を休んでるのはおばあちゃんがいなくなってショックを受けたってことになっている……『あの事』は先生とかには知られてないはずだし」

表向きはね、と付け加える。

「じゃあ、既読無視の件は?」

「それは……怒ってたから」

「えっ、何に？」

「クラスの人とか、自分に」

両手で包みこむようにカップを持った高木の手に、少し力が込められているようだった。

気分を悪くしたらごめんね、と彼女は言った。

「みんな色々なメッセージを私にくれた。由起乃は被害者なんだから気にするな――とかそんな感じで。でも、やっぱり違うなって……」

ゆっくりとした、しかし静かに強い口調だった。

高木は居住まいを正した。ふたたびまっすぐなまなざしを柊也に向けてくる。

「ごめんなさい。私が本当のことを言うべきだった……でも私、どうしても言い出しづらくて……」

高木の瞳は潤んでいた。

「謝る必要なんてないよ。それにクラスの連中も」

「でも、私が言わなかったせいで……」

「仕方がないよ。あの状況でおれが無実を証明することなんてできなかったし。そうでしょ？」

「でも……」

「それなら——」

高木の言葉を遮るように、柊也は言った。

「——それなら、本当のことをみんなの前で言っても良かった？　高木さんがそもそもの原因で、それを高木さんは言わなかったよね？　それで困るの高木さんじゃない？」

「それは………」

柊也の問いに高木は答えなかった。

すっかり冷め切ってしまった紅茶の残りを、柊也は飲み干した。

帰り際。高木は家の外まで見送ってくれた。

玄関を出てからそういえば、と柊也は振り向いた。

「そういえば、宗像が心配してたよ」

「宗像くん？……」

「さあ？　でもここを訪ねてくれって頼んできたのあいつだし」

「えっ、でも宗像くんって……」

高木は困惑したように黙り込んだ。

「会ったの？」

「会ったけど……」

「どこで？……」

「どこって……」

どこかでキジバトが間の抜けた声で鳴いている。そういえば、あれだけ騒がしかった蝉の声は、いつのまにか聞こえなくなっていた。携帯の画面を見ると、時刻は午後六時を回るところだった。

「……そろそろ行かないと」

柊也はぽつりと呟いてその場を後にした。高木はその場に呆然と立ち尽くしたまま、柊也の後ろ姿を見つめている。

高木の家を出て少し歩いていると、背後から肩を叩かれた。

「よう」

宗像だった。

「……お前、どこ行ってたんだ？」

「いや、別に。二人きりにしてやろうと思ってさ」

そう言って宗像はまたいつものように口元を歪ませた。

「それで、愛しの高木と話せたか?」

冷やかすような口ぶりだった。

「別に、愛しのとかじゃないし」

「うそつけ。あんなに好きだったくせに」

宗像の顔を、柊也は黙ったまま睨んだ。

「……そんなに睨むなって。高木はどうしてた?」

「……元気だったよ」

「ああ、そう」

自分から柊也に行くようにけしかけたくせに、宗像は大して興味なさそうに答えた。

「ああ、そうって……お前が行けっていうから行ったんだけど……」

柊也が不満気に言うと、宗像は意地の悪い笑みを浮かべた。

「いや、本当はお前自身が高木に会いたいと思ってたんだぞ?」

「は?」

「だから、高木に会いたがってたのはお前なんだよ。だから俺が一芝居打ったってワケ」

「……どういう意味だよ？」

宗像はくっくっ、と喉元を低くならすように笑った。

「……それじゃ俺はこれで」

宗像はそれだけ言うと手をひらひらさせながら車道を渡っていった。車が何台か柊也の目の前を通り過ぎると、宗像の姿はもうどこにも見当たらなかった。

——お前、いつも都合のいい時にいきなり現れていきなり消えるよな……。

見上げると、空はすでに赤く染まっていた。鈴虫の鳴き声を聞きながら、柊也は立ちすくんだ。秋の風はまた今日も少しずつ冷たくなっているようだった。

十月に入ると、木々の葉が赤く染まり冬への移行が着実に進んでいるようだった。

晴の学校生活は順調なようで、いまや一週間に一度顔を見せれば良いほうだった。

顔を出してもクラスメイトの話をするばかりで、ペンギンへの関心はすっかり薄れているようだ。心なしか、ペンギンが寂しそうに見えた。

「少年はさ、将来の夢とかあんの？」

夕方。所在なくアパートの石段に座ってぼんやり川を眺めていると、一〇一号室の窓が開いて菜月が声をかけてきた。ずいぶんと久しぶりだ。

「なんすか？　いきなり」

「いや、若者だし。ありそーじゃん」

いつものように甘い香りの煙が漂ってきた。

「すべての若者が健全に夢を持っていると思ったら、大間違いですよ」

「え、なに？　ちょっと怒ってる？」

「いや怒ってはないですけど……」

そう言ったものの、何となく苛ついてしまったかなと、少し反省する。

「すいません」

「別にいいけどさ……。なんかあったの？」

「……なにもないですよ」

と柊也はアパートの二階にちらりと目をやる。明かりが点いているところを見ると、もう晴は帰っているようだった。今日も顔を見せなかった。一体どうしたのだろうか、何で来ないのか。最近はそのことばかりが気になって、こうしてアパートまで来てみる有様だ。

「土田さんは……」

　と柊也は切り出す。

「土田さんは、夢とかあるんですか？」

　ぶはっ、と菜月は盛大に煙でむせた。

「何いきなり？　てかあたし、若者じゃないし」

「いや、まだ若者でしょ……ぎりぎり」

「いや少年。キミなかなか失礼だねえ」

　にひひ、といつものように笑う。久しぶりに聞いたけど、いつものように全身がくすぐられる感覚はしなかった。

「茶化さないでくださいよ。こっちは真剣に訊いてるんですから」

「うーん……夢かあ」

　と菜月は遠くを見つめた。

「……ひとに訊いといてあれだけど、ないわ」

「なんすか、それ……」

　相変わらず適当な人だな、と柊也は思った。

「まあ、でも強いて言うなら……」

菜月は振り返った。

「大人になりたい——ってことかな」

「もう大人でしょ。年齢的に」

「いやいや、年齢的には大人でも、本当に大人ってワケでもないんだよ、少年」

にひひ、とふたたび小気味よい笑い声を立てる。

「たしかにそっすね。ちゃんと家賃払える大人になってください」

「いやあ少年、それは言わないで」

ひどく適当なひとだ、と柊也は改めて思った。


その翌日。ペンギンのモーニングコールで起きると、いつものように給餌と粗相の始末をする。さほど食欲もなかったので、賞味期限切れの菓子パンを頬張ってからソファに寝転んだ。

いつの間にかそのまま眠りこんだらしかった。繰り返されるチャイムとそれに呼応するペンギンの鳴き声で目が覚めた。

時計に目をやると午後四時だった。

晴が来たのだろうかと思い、急いで玄関に向かった。

「よう」

　来訪してきたのは宗像だった。

　ここ最近、晴が来なくなった代わりに頻繁に訪れるようになっていた。なんだお前かよ、とぞんざいな扱いで家に上げた。

「冷てえなあ。せっかく来てやったのに」

「別に来てくれなんて頼んでいないし」

　まあまあといいながら、宗像は勝手知ったるといった感じで冷蔵庫をあさっていた。

「よ、ペンギン。元気か？」

　缶のコーラを開けながら、宗像は挨拶した。ペンギンは仕方ないなあとでも言いたそうに「メー」と鳴いた。

「お前さあ、あれに関してどう思ってるワケ？」

　宗像は長い脚を器用に組んで座りながら、しばらく黙ったままペンギンを観察していた。そして、おもむろに口を開いた。

「あれって？」

　携帯をいじりながら、柊也は訊き返した。

「いや、だからあれだよあれ！」

座椅子の定位置に鎮座したペンギンを指差した。柊也は携帯から視線を上げた。

「お前さ、あれが本当にじいさんだと思ってるワケ？」

「……そうだけど」

「マジかよ！　ウケる」

くっくっくっ、と宗像は卑しい笑い声を上げた。

「何がおかしいんだよ？」

「いや、もう全部だよ」

宗像は立ち上がった。ダイニングテーブルの正面に座っていた柊也の元へつかつかと進み出た。

座ったままの柊也を、宗像が見下ろす。心底侮蔑しているような、冷たい目つきだった。上背があるせいか、異様な威圧感を感じる。

「……全部って？」

「だから全部だ。家にペンギンがいるっていうのも、お前がそれをじいさんだと信じていることも……全部」

宗像が一体何を言おうとしているのか、柊也には理解できなかった。

「全部がおかしいんだよ。ある日突然いるはずのないものが家にいて、いるべき人が姿を消している——。そんな不可解な状況になってもお前はびくりとも動じない……。いや、そもそも大して関心がないんだよ」

見下ろしてくる宗像の目には侮蔑のほかに、哀れみのような色が帯びているように思えた。

「つまりさ。お前は自分以外の人間に興味がないんだよ。自分以外はどうでもいい、クソみたいな人間なんだ。だから平気で目を逸らし続けることができる。面倒なことが嫌だから問題を直視せずに、なあなあでその日一日を惰性で生きてるだけなんだよ」

何も言い返すことができなかった。

できれば耳を塞ぎたかったが、全身が麻痺《まひ》したかのように、身動きがとれなくなっていた。そんなことはお構いなしとでも言うように、宗像の視線と言葉は、鋭利なトゲを内包して容赦無く柊也に襲いかかってくるのだった。

「お前さ、これからどう生きていくつもり？」

「どうって……」

「進路とかさ、あるだろう。まさかずっとこのままペンギンに扶養されて生きていくつもりか？」

宗像は嘲笑《あざわら》うかのような口調で訊ねてくる。

「いや、それは……」

正直、何も考えていなかった。正確には宗像の言葉通り、目を逸らし続けていたのだ。

「いつかはバレるぞ。こんな生活、いつまでも隠し通せるはずがないだろう？」

「わかってる……」

弱々しく答える柊也を、宗像は鼻で笑った。

「わかってないだろうが。あのラクダに似た民生委員、まだしつこく嗅ぎ回っているぞ」

「えっ……」

――どうして。

なぜ宗像があの民生委員のことを知っているのだろうか。

「こんな生活、いつか破綻する。いや、そもそもはじめから成り立っていない。もう壊れかけているんだよ」

宗像は黙り込んだ柊也に、ずけずけと何の躊躇いもなく畳み掛けてきた。

「おい、聞いてんのかよ」

宗像が急に柊也の胸ぐらを摑んできた。そのまま椅子から上体を引っ張られた。

「なんだよ！」

――何なんだよ、こいつ。

柊也も思わず頭に血が上り拳を振り上げた。

「……そうやってまた同じこと繰り返すのか？」

宗像は挑発的な口調で訊いてきた。

「は？……何言って……」

「メーメー」

突然、会話に割り込むようにペンギンが鳴いた。いつになく力強い声だった。

振り向くと、いつの間にかペンギンはリビングまで歩いてきていた。ペンギンはここ最近、嘴で襖を開けるという器用な芸を習得していたのだ。

「メーメー」

ペンギンは何か威嚇するかのように翼をばたつかせて鳴いた。止めるよう、注意しているのだろうか。

「なんだよ……」

宗像は柊也のシャツを離し、柊也は拳を下ろした。

冷静になった柊也を見て満足したのか、ペンギンはふたたび器用に襖を開けて、自室へと下がっていった。

「……なんなんだよ、あの鳥……」

宗像がぼそりと呟く。

「……じいちゃんだし」

柊也がぽつりと言い返す。

「まだ言うのかよ……」

宗像は心底呆れたようだった。

「とにかく、お前はもっと向き合うべきだよ。……色んなことにさ」

そう吐き捨てるように言って、宗像は出て行った。


十一月に入った。

みるみるうちに日が短くなっていき、冬の気配を肌で感じるようになっていた。

晴はもう、何週間も顔を見せていなかった。

はじめは努めて気にしないよう心がけていた柊也だったが、次第に何かあったのだろうかと不安が膨らんでいった。

柊也はその日買い物帰りにアパートまで足を運んでみることにした。晴の好きだったチョコ菓子を買ってきた――というのを口実に、晴が下校してくるのをアパートの前で待ち構えていた。

午後三時すぎ。歩道に敷き詰められた落ち葉の絨毯《じゅうたん》を踏みしめながら、晴が帰ってきた。

「よう」

と柊也は素っ気ない風を装いながら、手を振った。

「……うん」

晴はどことなく浮かない顔のように見えた。

「しばらくじゃん。元気してたか？」

「うん」

「なんで最近来ないんだ？　じいちゃん、寂しがっているぞ」

「べつに。ちょっと忙しいから」

俯いたまま柊也と目を合わせようとしない。

「何？　いっちょまえじゃん。クラブ活動でもはじめたのか？」

「……かんけーないでしょ」

そう言って足早に柊也の横を通り抜けようとした。

「ちょっと待てよ！」

柊也は思わず晴の腕を摑んだ。

「離して！」

と晴は柊也の腕を振りほどいた。

「あ、ごめん……」

よくみると、晴の顔色は悪そうだった。

「……ちょっと具合悪いから、帰るね」

「……うん、ごめん」

「それじゃ……」

晴は逃げるように外付けの階段を上っていった。

「なんかあったなら、いつでも言えよ！」

下から声をかけたが返事はなかった。代わりに扉が閉められる音が虚しく響いた。

柊也はしばらく石段に腰を下ろして晴の部屋を見上げていた。手元に残ったお菓子をどうしようか散々悩んだ挙句、渡すのを諦めて帰路につくことにした。

アパートから数メートル離れたところを歩いていると、猛烈なスピードで走ってくる車とすれちがった。狭い車道を勢いよく飛ばしてきたその白いセダンは、柊也の家のアパートに横付けするかたちで停車した。やかましいエンジンが切られて、運転席から高級そうなスーツを着た男が降りてきた。年齢は四十代くらいだろうか。遠目ではよくわからなかったが、どことなく神経質そうな印象を受けた。男はそのままカバンを片手にアパートの外付け階段を駆け上がっていった。このアパートには似つかわしくない雰囲気だった。

——あんな住人いたんだな。

そういえばアパートの住人とは菜月と晴以外に話したことはなかった。たまに鉢合わせしても会釈するくらいで全ての住人の顔を把握しているわけではなかった。

柊也はアパートに背を向けてふたたび歩き出した。

——それにしても……。

と、改めて思う。晴は一体、どうしたというのか。なぜ、避けられているのだろうか。

晴に何かしてしまったのだろうか。

思い返してみるも、柊也にはまったく心当たりがなかった。

家に戻ると、いつものように家には人の気配はなく、静まり返っていた。

薄暗くなった和室に電気を点けると、座椅子の上に何やら見慣れないものが置いてあった。

緑がかった、手のひら大の卵――。

スーパーで買ってきた鶏のものとは明らかに違っていた。

「メー」

とペンギンが鳴いた。

「これ……じいちゃんが産んだのか？」

「メー」

訊ねてみても、いつも期待する答えは返ってこない。

「……メスだったのかよ」

力の抜けた笑いが不意にこみ上げてきた。

この世界は柊也の与り知らないことばかりだった。

その日の晩。柊也は夢を見た。

夢はいつも混沌《こんとん》としていて、それそのものに意味はないのだと、柊也は信じていた。

しかし、その日の夢は違った。

何か、強いメッセージがあるかのように、柊也には思えたのだ。

夢の中、柊也はあの住宅街の隙間に設けられた小さな公園にいる。今では撤去されたジャングルジムやブランコなどの遊具が、昔見たままの状態で再現されていた。

公園には他に誰もいない。柊也は少し迷った末に、ブランコに乗る。

ジャングルジムだと、また降りられなくなることが怖かったのだ。

ブランコの座面を手で払ってから、座る。足をぶらぶらさせて漕ごうとするも、どうにも上手く動かすことが出来なかった。

――ブランコも漕げないのかよ。

どこからか、人を小馬鹿にしたかのような低い笑い声が聞こえてくる。

ムキになって柊也はなんとか動かそうとするも結果は変わらない。

こんなこともできないのかと、自分のことが情けなくなってくる。泣くのを必死に堪えて、柊也は力一杯足を上空に向かって蹴り出す。

すると、履いていた青いサンダルが空中にぽんと投げ出され、コロコロと転がっていった。ケンケンしながら取りに行こうとして、柊也は盛大に転ぶ。

踏んだり蹴ったりだ。

じんわりと鼻腔の奥が熱くなっていくのを感じながら立ち上がると、どこからかピアノの音色が聞こえてくる。弾いているのは自分と同じくらいの子供で、女の子だろうと思った。

ピアノの鳴るほうへと導かれるように見知らぬ路地を進む。

ブルドッグのような顔をした老人が柊也とすれ違う。

――たそがれどきだなあ。

老人は柊也とは反対の方向に歩いていった。

まだ日は暮れていなかったのに。

気がつくと、柊也はアパートの前に立っていた。

いつものように石段に腰を下ろしていると雨が降り始める。

裏庭に回ると、黄色い雨合羽を着た人が、シャベルで一心不乱に穴を掘り進めている最中だった。

菜月だ。手伝わないといけない、と思った。そしたら感謝されると、肚の中で何か大きな打算のようなものが膨らんでいく。

しかし、柊也が一歩近づく毎《ごと》に、眼前の人物は菜月ではないのではないかという疑念が芽生えはじめた。

シャベルを握った節くれだった手は、一目で菜月のものではないとわかった。

振り向いた老人。

フードの下からこちらを見つめてくる窪んだ双眸――。

それは、間違いなく祖父だ。

柊也は急いでその場から走り去った。

――何も見てない。

そう自分に言い聞かせながら、ひたすらに走る。


どこまで来たのか、今自分がどこを走っているのか、よくわからなくなっていた。

ふと、足元に視線を落とすと。点々とした赤い血が落ちている。

目の前を少女が走っていく。晴だ。

晴の走り去っていった地面に、血が点々と続いている。

それを辿っていくと家の洗面所に着く。

血は床から鏡に続いていることに気がつく。

鏡を覗くと、自分の手が血だらけなことに気がつく。
鏡越しに、ペンギンがこちらを見つめている。
何を言うでもなく、ただ円《つぶ》らな瞳でこちらを見つめている。
不意に、強い目眩《めまい》に襲われる。
目の前が赤く染まっていく。
これは一体だれの血なんだろう？
視界が、世界が回る。
鏡越しにペンギンと目が合う。
ペンギンが鳴く。
それと同時に、目が覚めた。

ひどい寝汗をかいていた。
ひどく不快な夢だった。
一体何なのか。
わかるはずもなかった。
携帯をみると、時刻は午前六時五十分。

あと十分ほどでペンギンが鳴き始める。

そうしたら、また何も変わらない朝がはじまる。何も変わらない一日が繰り返される。

いいかげん、もううんざりだった。

9月14日

学校へ通うようになって、二週間くらいになる。クラスメイトはみんないい子たちで、私のことをこころよくうけいれてくれた。

シュウの家には放課後に行っている。なるべく行くようにしているけれど、さいきんは遊びにさそわれることも多いから、行けない日もある。シュウは相変わらずぶあいそだけれど、心の中ではおこっていたりするのかな。

10月11日

学校に行くのは楽しかったけれど、ハルが最近、出て来なくなった。どうしてだろう。私が学校へ行きはじめたから？　ねえ、ハル。答えてよ。ハルがいないとこまるんだよ。

10月25日

最近、ママのきげんがよさそうだ。きっと、もうすぐあの人とけっこんするからだろう。ママがしあわせなら、それでいい。ママがしあわせなら、私もしあわせだから。それに、私にはハルがいる。ハルが私のことを守ってくれるから、私はへいき。ハルがいるから、私はたえられるんだ。

11月11日

久しぶりに、ハルとはっきりと話すことができた。
ハルは「もうすぐあたしは消えるから」って言ってきた。
わけがわからなかった。ハルとはずっといっしょにいたのに。ハルにいてもらわなきゃ困るのに。

私が「どうして？」ってきくと、ハルは「晴があたしをいらないって思いはじめたからだよ」って答えた。

そんなこと、思ったことない。そう言いかえそうとした。でも、よく考えてみれば、そうかもしれなかった。ここ最近、シュウとペンギンと過ごすようになってから、ハルの存在がどんどんうすれていくのを感じていた。

はじめはシュウと話すときにもハルに出てきてもらうくらい、私は内気だった。でもだんだんなれてきて、私は私のままでシュウと話せるようになった。だがしゃでクラスメイトたちと話すこともできた。

私は気づかないうちに、ハルという存在を必要としなくなっていたのだ。

それでも、どうしてもハルに出てきてもらわなきゃいけないときがあった。

「都合がいい時にだけ、あたしをたよるんだね」

ハルの言葉は図星だった。

「友達が出来てよかったじゃん。もうあたしは必要ないんだよ」

そんなことない、と私ははんろんした。ハルはいつもそばにいた。ハルはいつも私を守ってくれた。ハルはいつも私といなければならない。でないと私は――。

私は、どうたえたらいいんだろう。

11月26日

ハルはあれっきり、本当にいなくなってしまった。私は一人でなんとかがまんしなければならなくなってしまった。

学校から帰ると、アパートの前にシュウがいた。すごく久しぶりのような気がした。シュウは「なんでこないんだ？」とか色々きいてきた。私はてきとうにはぐらかそうとしたけれど、あんまりしつこいから思わずおこってしまった。

あとからこうかいした。シュウは私のことを心配してくれていたのに。

何もかも打ち明けてしまいたかった。

でも、シュウに話すわけにはいかなかった。ママのしあわせをこわすわけにはいかないから。

ボイスレコーダーの書き起こし
鳴海柊也の高校の同級生

――はい。覚えていますよ。もちろん。忘れたくても忘れるなんて出来ませんよね。普通。

――鳴海くんが高校を退学した理由？　ああ、それは……。

――なんで知ってるんです？　たしかに高木さんの件があったのは事実ですけど……。

――はい。表向きは定時制の高校に転校するみたいな理由だったらしいですね。日中は高齢のおじいさんの世話をしなきゃだからって。少なくとも先生たちにはそう説明していたみたいです。

――もちろん本当のところは違うと思います。私はクラスが違うので直接は見てないんですけれどね、高木さんのその……裸とかそういう写真が出回ったらしいんですよ。クラスの人たちの間で。それで、その出どころがどうも鳴海くんらしいっていう噂が流れ始めて……。鳴海くんが盗撮？　というか高木さんのスマホからデータを抜き出したみたいな。まったく根拠がなかったみたいなんですけれどね。

——結局それがきっかけで鳴海くん、クラス中から除《の》け者にされて。でも、本当のところはわからないんですよ。色んな噂が生徒の間で流れていたことは事実です。

——そうですね。例えば高木さんが自分のそういう画像を鳴海くんに誤爆したんじゃないかとか。実は宗像くんが高木さんと付き合っていて、フラれた腹いせに流したんじゃないかっていう話もあったんですけどね。宗像くん、クラスの中心人物でしたから、上手いこと鳴海くんに罪をなすりつけたみたいな……。それも根拠のない噂ですけれど。

——私自身はどう思っているのかって？　そう言われても、もう十年以上も前のことだし……。わからないですね。何が本当に起きたことなのかって。

——ところで、宗像くんってまだ？　……ああ、そうですよね。そうだ。この前同窓会あったんですけどね。久しぶりに会った友達の旦那がなんと、鳴海くんを取り調べた刑事の甥っ子なんですって。

——連絡先？　ああ、はいわかりますよ。訊いてみましょうか？　高木さんの連絡先もこの前交換したんでよかったら教えますよ。

——でもこうしてみると、世の中って狭いですよね。同窓会に出たら中高の同級生同士でそのままくっついていたりして。まあ、田舎ならこんなものかって感じですけれど。

――鳴海くんの行方？　知らないですね。それも誰かに訊いてみます？　たぶん、誰も知らないと思いますけど。

冬

十二月に入ったが、雪はまだ積もっていなかった。

例年よりも遅い初雪だったためか、本格的に積もるのはもう少し先になると、テレビで言っていた。

柊也の家は静かだった。

晴も宗像も民生委員も、誰も訪れなくなっていた。

最近ではアパートへも足を運んでいない。

声を発するのはもっぱらペンギンのみで、柊也は何も喋らなくなっていた。喋りたくても相手はおらず、まさかペンギンに話しかけるわけにもいかなかったので、もう随分と言葉を発していないような気がしていた。

部屋の中は常に薄ら寒かった。あまり暖かくするのはどうかとペンギンに配慮して、柊也の自室以外のストーブは点けないようにしていた。ほとんど布団に包《くる》まって一日を過ごすのでストーブを点けない日もある。

柊也はひたすらにペンギンの世話に明け暮れていた。無言のまま、何を語りかけるでもなく、給餌や糞の始末と掃除にのめり込んでいった。ふと戸棚の上を見ると、この前ペンギンが産んだ二つの卵が目に入った。片方ずつ手に取ってみる。どちらも無機質に冷たく、命の気配は感じとれない。

ペンギンは産んでしまってからはそれきり卵に興味を示さないようだった。温めるとかそういう行為は見られない。

この二つの冷たいかたまりを、柊也は何となく不気味に思っていたが、どうしても捨てることが出来ずにいた。

駄菓子屋のブルが亡くなっていたことを知ったのは、ちょうど初雪が街に降った頃だった。

駄菓子屋の前を通りかかると、そこにあるはずの古い商店は跡形もなく取り壊されていたのだ。たぶん死んだのだろうと、そう思った。

あの日、ブルは「もう来なくていい」と言った。柊也は言う通りにしたのだが、果たして本当にそれでよかったのかという思いが、ぐるぐると頭の中を巡った。

柊也は悲しいのかどうか、自分でもわからなかった。家に帰ってから、なぜか力が抜けてしばらく立てなくなってしまった。

「メー」

とペンギンがどこか心配そうに鳴いた。

「じいちゃん……」

柊也は、久しぶりに祖父に話しかけた。

「ブルが死んだよ」

「メー」

伝わったのかどうか、知る由もなかった。

八月の末にブルから貰った茶封筒の五万円は、未だに手付かずで取ってある。

あれが柊也の人生ではじめての給料だった。

何もない自分の人生の中で、唯一誇れるもののような気がしていた。

茶封筒を取り出して眺めていると、晴がブルからもらっていた花火のセットが、頭の中にぼんやりと浮かんできた。

――一緒にやろうね。

そう約束したはずだった。

晴は覚えているだろうか。

いや、覚えていないだろうな、と力無い乾いた笑いが漏れ出た。

クリスマスの華やいだシーズンが到来した。

騒がしくなる世間とは対照的に、一人と一羽しかいない家の中は生気が乏しく、暗かった。ケーキやチキンなどを買う気は起こらず、暗い家の中にいるのも嫌になった柊也は、ふと思い立って一人東屋のある公園に足を運んだ。

雪がちらついていた。人気がない公園は静寂に包まれていた。今年は暖冬のようで、降ってもすぐに溶けてしまうような濡れ雪が、わずかな間降るだけだった。

東屋のベンチに薄く積もった雪を手で払ってから腰をかけて、柊也はぼんやりと晴と菜月のことを思い出す。

晴は今頃友達とクリスマス会でもしているのだろうか。先月から顔を合わせていなかったので今どうしているのか、まったくわからなかった。

菜月は、どうしているのだろう。一人だろうか、それとも誰かと——。菜月がもし誰かといるところに出くわしてしまったら……。そう考えると少し怖くなる。訪ねてみようかと思ってはそれを考え直すのを繰り返して、柊也はひとり悶々《もんもん》としていた。

「ごめんください」

柊也が頭を抱えていると、頭上から声をかけられた。顔を上げてみると、一人の老婆が心配そうに見ていた。

「あなた、どこか具合が悪いの？」

上品な感じがする、綺麗な声だった。

老婆はだいぶ歳のように見えたが背筋がぴんと伸びており矍鑠《かくしゃく》としていた。よく手入れされてそうなツヤツヤとした白髪を、頭頂部で団子状に纏《まと》めていた。黒いボア付きのコートを羽織り、右手にはホールのケーキが入っていると思しき四角い紙の箱を携えていた。

「いえ……大丈夫です」

柊也は慣れない愛想笑いを浮かべて答えた。

「そう？　ならいいのだけど……」

老婆は深く追及してくることはなく、そのまま木のテーブルを挟んだ柊也の向こう正面のベンチに腰を下ろした。

老婆はケーキが入った袋をテーブルにどん、と置いた。

「あんまり無理しちゃダメよ」

ふたたび柊也と目が合うとそう穏やかに言ってきた。

「はあ……」

柊也は曖昧な返事を返した。

不思議と嫌な感じがしない老婆だった。少なくともあのラクダ顔の民生委員が押し付けてくる偽善ではなく、なんだか本当に気遣ってくれているような、そんな気がした。

「さて、と……」

老婆はそう言って箱からケーキを取り出した。

現れたのはホールのショートケーキだった。四人家族分くらいのサイズだろうか。真ん中にはジュレでまとめて固められた宝石のようなイチゴがふんだんに盛り付けられており、「メリークリスマス」と書かれた板チョコとマジパンのサンタとトナカイの人形がちょこんと置かれている。

「私ね、クリスマスケーキを一人で全部食べるのが夢だったのよ」

プラスチックのスプーンを片手に携え、老婆はうふふ、と上品に笑う。

「でもね、なかなか家族がいるとそんなこと出来ないでしょ？」

スプーンを豪快に突っ込みながら、老婆はケーキを頬張った。皺くちゃの顔に満足そうな笑みが浮かぶ。

「は、はあ……」

柊也は呆気にとられていた。

「そうなのよ。このサンタだってそう」

老婆はマジパンのコロコロとしたサンタを指で摘んでみせた。

「こういうのって大抵ひとつのケーキにつき一個か二個じゃない？ そうなると子供や孫に食べさせないといけないでしょ？ だから私の口には絶対に入らないのよ」

ため息まじりに老婆は説明した。

「だからね。今日はじめて食べるのよ。クリスマスケーキのサンタさん」

春の鶯《うぐいす》が軽やかに歌うような口調だった。

老婆は皺くちゃの顔を綻ばせて、恍惚としたようにサンタを見つめていた。

「では、さっそく……」

小さな口を開けてサンタに齧り付くと、老婆は「あっ」と小さく声を上げた。

「あらやだ……前歯が折れちゃったわ」

自分の手のひらに吐き出された欠けた前歯を見て、老婆はまた上品に笑ってみせた。

「意外と硬いのねえ、これ。それに思ったより美味しくないのね」

老婆は何が面白いのか、またうふふ、と小鳥が囀《さえず》るように笑ってみせた。ものすごく上機嫌のようだ。

老婆はクリスマスケーキを四分の一も食べきらないうちに、飽き始めたようだった。

「なんだか胸焼けしてきちゃったわ」

口元をレースのついたハンカチで押さえながら、残ったケーキを大事そうに箱にしまいはじめた。柊也はてっきり一切れ分くらいくれるものだと思っていたが、結局そんなことはなかった。「一口どう?」とか気の利いた事を言うこともなく、老婆はぶつぶつと独り言を繰り返しながら、終始マイペースに振舞っていた。

雪は静かに降り続けていた。時刻は午後四時半。辺りはすでに暗くなりはじめ、次第に気温も低くなっているような気がしていた。

「一人っきりのクリスマス……」

ぼそりと、老婆がおもむろに口を開いた。

「はじめてだわ。一人になってみて、はじめて解ることがあるのね……」

「はあ……」

独り言かと思ったが、柊也は一応曖昧に返事をしておく。

「あなたもひとり?」

大して興味なさげに、老婆は訊ねてくる。

「……まあ、そうですね」

柊也も気のない返事を返す。また沈黙が流れた。周囲の家には明かりが灯りはじめ、雪はちらちらと降り続いている。ふと、夏の日のことを思い出した。ペンギンをリュックに入れて晴と一緒にこの公園を訪れたときのことを。猛烈な日差しが降り注ぎカラカラにひび割れていた地面は、今はうっすらと雪化粧に覆われている。身体中から止めどなく流れてきていた汗も火照《ほて》った肌を撫でていったあの生ぬるい風も、今では遠い昔のことのように思えた。

「私ね、今ちょっと家出しているの」

老婆はしみじみとした口調でそう切り出してきた。

「そうなんですか……」

「そうなの」

うふふ、と老婆は笑う。一体何が可笑しいのか、柊也には皆目見当がつかなかったが、皺くちゃの顔をくしゃりとさせて笑ってみせる老婆は、どこか可愛らしい少女のようにも見えた。

「あなたも家出？」

「いえ、違いますけど……」

あらそう、と老婆はなぜか少し残念そうな口ぶりだった。

「あなた、家出はしたことあるの？」

クリームがついたのか、ウェットティッシュで満遍なく手を拭きながら老婆は訊いてきた。

「いや、ないですけど……」

「あら、ダメね。なんでしないの？」

「なんでって言われても……」

いきなり何を言い出すのかと、柊也は戸惑った。意地の悪い目つきで見つめてくる老婆から視線を逸らす。

「その年頃だと家から出たい理由なんていくらでもあるでしょうに。家から飛び出してみたいと思わないの？」

「あんまり……」

「あんまりってことは少しはあるのね」

「……まあ、あるような……」

薄暗い饐《す》えた匂いが充満した家とペンギンの姿が脳裡をよぎった。寒空の下こんな場所にいるのも、あの家に居たくないからだった。それでもペンギンの餌の時間までには戻るつもりだったし、第一家出をしたところで行くあてなどなかった。

「あるなら、実行しなきゃダメよ」

うふふ、と老婆は愉快そうだった。

「……どうして――」

柊也は思い切って訊いてみることにした。

「――どうして、家出を？」

柊也の問いに、老婆は円らな目をさらに丸くする。

「どうしてって……」

使い終わったウェットティッシュをくるくると巻きながら少し黙り、それからまた口を開いた。

「世界を見て回りたかったから……かしら」

老婆は柊也の方を見て、にこりと笑った。笑うと目尻の皺が一層深くなった。小さな口から欠けた前歯が覗いている。

「世界って……どこか遠くから来たんですか？」

柊也が訊ねると、老婆は「まさか」と言い首を横に振った。

「家はこの近所にあるわ。自分の足で歩ける範囲で色々見て回ってるの」

「見て回るって……ここらへんを？」

「ええ、そうよ」

それじゃただの散歩じゃないか——と、柊也は内心で呟いた。

「家には帰ってないんですか？」

「ええ、ここ三ヶ月ほど」

さらりと老婆は言ってみせた。

「三ヶ月も帰らないでどこに？」

柊也が困惑気味に訊ねる。

「知人の家を渡り歩いているわ」

老婆は涼しい顔で答えた。

「……家族の人は心配しないんですか？」

「さあ？　心配してるんじゃないかしら」

まるで他人事のように、老婆はくすくすと笑った。柊也は改めて老婆の顔を見てみる。若い時はそれなりに美人だったのではないかと推測できた。老婆は柊也の視線に気づいたのか、どうしたのかしら？　とでも言いたげに不思議そうに見つめ返してくる。だんだん、このどこか捉えどころのない老人と、前に一度会ったことがあるような気がしてくる。しかしあともう少しというところで、いつどこで会ったのか思い出せずにいた。

「あなた……なんだか、うちの孫に似ているわ」

穏やかな笑みを浮かべながら、老婆は言った。

「はあ……そっすか」

「そっすそっす。うちのは女の子なんだけどね」

生クリームで胸焼けがするのか、老婆は胃の辺りをさすっていた。

「うちの孫もね、家出とかしないタイプなの。本当の気持ちを言わずに隠してしまって……周りの人の意見に従っちゃうタイプ。あなたもそうでしょ?」

老婆は悪戯っぽい視線を、柊也に向けてくる。まるで、なんでもお見通しよ——とでも言いたげにして。

「……いや、どうだろう」

「絶対そうよ。私、人を見る目はあるのよ」

「はあ……」

柊也は半ば呆れたように頷いておく。一体どこからくる自信なのかわからないが、この老婆に反論しても時間の無駄だろうと適当に話を合わせておくことにした。

「ピアノ……」

老婆はぽつりと言った。

「ピアノ。あの子、ちゃんと続けているかしらねえ……。わざわざ大きいの買っておいてきたんだけれど……」

遠い目をして老婆は雪の薄化粧を施された公園を見つめた。その顔を、柊也はまじまじと見る。既視感の正体にやっと気がついた。

「一度、家に連絡したらどうですか？　お孫さん、心配していると思います……」

柊也が言うと、高木由紀乃の面影を残した老婆はくすりと小さく笑った。

「大丈夫よ。孫とは定期的に連絡をとってるから。家族で唯一、あの子だけには私の動向を伝えてあるの。……共犯者ってわけ」

老婆は茶目っ気たっぷりという風に、小さく舌を出してみせた。そういえば、高木は祖母の家出の計画をあらかじめ知っていたと話していた。

「できればあの子にも家を飛び出すくらいの気概を持って欲しいのだけれど、まだ無理でしょうね……」

少し残念そうな表情を浮かべて、老婆はため息を吐《っ》いた。白い息は十二月の寒空に流れていった。

「ま、いつかは飛び出さなきゃね。その時は自分自身で決めるの。……私がそうしたように」

老婆の双眸はまっすぐ柊也を見据えていた。

「さて、と……」

老婆はおもむろにベンチから立つと、眼前に丸めて置かれていたティッシュを手に取り、東屋の外へと歩いていった。柊也の背の方に立ちティッシュの中から先ほど欠けた前歯を指でつまむと、少しの間それをじっと見つめていた。その様子を柊也は座ったまま見守った。

「ほいっと！」

絶妙に気の抜けた掛け声と共に、老婆は欠けた歯を東屋の屋根へと放り投げた。歯は空中に弧を描きながら、屋根に積もった雪に突き刺さった。

「子供や孫の乳歯が抜けたとき、よくこうしたわ」

一仕事終えたとでも言いたげに満足そうな笑みを浮かべて、東屋の下へと戻ってきた。

「まあ、私のはもう生えてこないんだけどね」

そう言ってまたぺろりと小さく舌を出してみせた。老婆はそのままテーブルに置かれていたケーキの箱を手に取った。

「さて。私はそろそろ行かなきゃ」

柊也の方を振り向いて、穏やかな笑みを浮かべる。

「クリスマスだから、ケーキ買わなきゃね」

「えっ？」

柊也は困惑した。

「一度でいいからホールのケーキを一人で食べてみたかったの」

うふふ、と無邪気に笑ってみせる老婆の顔を、柊也は黙って見つめた。

「それ……」

恐る恐る老婆の右手の箱を指差す。

「ケーキ。もう、買ってますよ？」

「えっ、あら……」

指摘されて老婆は鳩が豆鉄砲を食ったような顔をした。そのまましばらく黙ったあと、取り繕うようにまた笑ってみせた。

「そういえば、なんだか胸焼けがしてる。歳はとりたくないわねえ……」

諦めにも似たような悟った笑みだった。

「それじゃ、行かなきゃ……」

「あの……」

引き止めようとする柊也の声を無視するかのように、老婆は足早に公園を去っていった。

「……一体、どこに行くんですか？」

誰もいなくなった公園にひとり残された柊也は、ぽつりと呟いた。問いかけた言葉に返事が返ってくることはなく、寂しい空間に反響していった。

公園の外灯が灯りはじめた。辺りにはもうすっかり夜の帳《とばり》が下りていた。雪の降る勢いはそれほど強くなく、相変わらずだらだらとした速度でゆっくり降り続けていた。

クリスマスが過ぎて年末になり、ようやく雪が積もり始めた。柊也にはペンギンの世話のほかに、除雪という仕事が新たに加わった。

自宅の周辺もそうだが、アパートの前などは大家がやる取り決めになっていたので、柊也はほとんど毎朝アパートに通い続けていた。

湿った重い雪を掻きながら、晴が住んでいる二〇三号室を見上げる。ここ最近は母娘共々家を空けているようで人気がない。母親の実家に帰省でもしているのだろうと、勝手にそう思い込んでいた。

立ったまま小休止していると不意に頭上から、ガラガラと窓の開く音がした。

「よう、少年。朝早くからご苦労さん」

菜月が顔を出している。早朝の道路に、寝起きと思しき掠《かす》れた声が響いた。

随分と懐かしい気がした。

「暇だったら手伝ってくれません？」

逸《はや》る気持ちを表に出さないように、努めて素っ気ない口調で言った。

「いやー暇じゃないんで。これから二度寝しなきゃだし……」

大口を開けてあくびをしながら、菜月は答えた。

「半年分の家賃請求しましょうか？」

「……ちょっと待ってて」

冗談で言ったつもりだったのに、五分ほどしてモスグリーンのダウンジャケットを着込んだ菜月がアパートから出てきた。

「家賃の件で脅すとか、少年はタチが悪いぞ」

菜月はわざとらしく震えていた。

「人聞きの悪い……。だいたい家賃を滞納しているのはそっちじゃないですか」

「……とりあえず道を作ればいいのね？」

都合の悪い話を遮るかのように、菜月は近くに置いてあったシャベルを手に取った。

どうやら家賃はまだ払わないらしい。

「大家さん。まだ帰ってきてないの？」

菜月はシャベルで道端に雪を寄せながら訊いてきた。

「ええ、まあ……」

スノーダンプでアパートの周囲の雪を掻きながら、柊也は言葉を濁した。

「じゃあ少年はずっと一人なワケ？」

「そっすね」

「ふーん……」

しばらくいつものような会話が続いた。お互い核心をわざと避けているかのような、一定の距離を保った交流がこの先もずっと続くのかと、柊也は思う。

「ほんとのとこは何なの？」

シャベルを動かしながら、唐突に菜月が訊いてきた。

「はい？」

「大家さん。病気か何か？」

「………」

柊也は押し黙った。

菜月が踏み込んでくるとは、予想外だった。

「いや、病気ではないです……たぶん」

ペンギンになる病気など聞いたことがない。

「まあ、ちょっと色々」

柊也は適当にお茶を濁した。

「ふーん──」

菜月はどこか腑に落ちていないようすだった。

「──少年さあ、なんか隠してるでしょ？」

菜月は疲れたのか、早くも一服しようとタバコを取り出していた。

「え……別に。隠してることなんてないっすよ」

柊也は努めて平静を装う。

「ほんとにぃ？」

茶化すように、菜月は言ってきた。

ライターの音がして、タバコに火がついた。ほどなくしていつもの甘い煙が漂ってきた。

「……隠しているのは、土田さんもでしょ」

言ってしまってから柊也は少し後悔した。

「…………」

菜月は何も言わず、タバコを咥えたままぼんやりと空を見上げていた。柊也もそれに倣《なら》って空を見遣った。

雪は絶え間なく降り続いており、周囲の視界と音を遮っている。除雪作業をしながら、柊也はあのときのことに思いを馳せていた。

あの七月の雨の日の夜。

二人で裏庭に埋めた大きなキャリーケース——。

あの中には一体、何が入っていたのか。なぜそれを埋めなくてはならなかったのか——。

柊也はそれを未だに訊けていない。訊いたらこの人はいなくなってしまう気がしていた。本当は訊いて欲しいのだろうか——と思う時もあるが、どうしても踏み入る勇気を持つことはできなかった。

「まあ、そうなんだけどね……」

上空へと流れていく白い煙を見ながら、菜月は口元に笑みを浮かべた。

「ほれ、少年」

一通り雪を掻き終わったあと、菜月が家からペットボトルの紅茶を持ってきて差し出してきた。ありがとうございます、と礼を言って受け取る。

「それで家賃代わりに……」

「ならないですよ」

ぴしゃりと断ると、菜月は「ちっ」と小さく舌打ちをした。

汗をかいていたので冷たい飲み物がありがたかった。紅茶は甘く柑橘系のフレーバーで、ふと高木由紀乃のことを思い出した。

クリスマスの日に出会った高木のおばあさんは、まだ家に戻ってないのだろうか。会ったことを伝えてみようと何回かメッセージアプリを開いてみたが、どうしても伝えられずにいた。その気になれば高木と直接会って伝えることも出来るのだけど、そうすることはないだろうし、おそらく彼女と会うことはもう二度とないのだろう。なぜだかそう確信していた。

「少年は年越しも一人なの？」

菜月が訊いてきた。

「まあ、そうですけど」

「友達と初詣とかいかないの？」

宗像の顔が一瞬頭をよぎったが、誘えるはずも誘われるはずもなかった。

「……友達いないんで」

「うわあ、寂し」

菜月はにひひ、と笑ったあと、

「まあ、私もいないんだけどね。友達」

と自虐するように呟いた。

「ああ、わかります」

と柊也はやり返した。

「どういう意味かな？」

「見るからに友達がいなさそうって意味です……」

その時だった。

突然、雪玉が柊也の後頭部に直撃した。

「よし！ 命中……うわ？」

満足げににやりとする菜月の額に、柊也の雪玉が命中する。

「やったな！」

二人だけの雪合戦がはじまった。

柊也と菜月は通りすがりの人から訝しげな視線を向けられてもひたすら雪を投げ合った。

柊也はなんだか久しぶりに心の底から笑ったような気がしていた。菜月もおそらく同じだろう。いつになく無邪気な笑顔を見せている。

二人は童心に返ったように、ひたすら雪の玉のぶつけ合いを続けた。


年が明けた。

結局柊也は誰とも会わず、初詣にも行かなかった。

——もしかしたらあの時菜月を初詣に誘うべきだったのでは……。

そのことに気づいたのは、正月が過ぎてからだった。

二月に入った。

年が明けてもペンギンはペンギンのままで、元の祖父に戻る気配は微塵《みじん》も見られなかった。

毎日冷凍の魚を食べ排泄し、たまにメーと鳴くだけ。

柊也はその世話をする。

繰り返されるその日々の中でも、些細な変化はあった。

ペンギンが階段を上り下りするようになったのだ。

二月の初旬のある日。

柊也が目覚めると和室にいるはずのペンギンの姿が見えなかった。家中探し回り一時間ほどしてから、二階にいるのをようやく見つけた。ペンギンはリビングのソファに鎮座していた。

柊也が寝ている間、あの短い足——正確には短く見えるだけで骨格をみると長い——で階段を上り下りしたというのか。そのようすを想像したら、なかなかにシュールだった。

その日を境にだんだんと、ペンギンが二階に上がってくる回数は増えていった。万が一家の外へ出てしまったら大変だと、柊也は窓の戸締りに気を配るようになったが、ペンギンは外へ出る気はないようだった。二階に何かあるのか——。考えてみても思い浮かぶことは何も見当たらなかった。

そしてある日の朝。

柊也がペンギンを見つけたのは、二階のベランダだった。やたらと間隔の広い鉄柵の前にペンギンは立っていた。

その前日に洗たく物を干した時、うっかり鍵を閉め忘れてしまったようで、窓は開ききっていた。

ペンギンは鉄の柵の間から、外に身を乗り出していた。

「おい！」

柊也は叫ぶのと同時に飛び出していた。

なんとか間一髪のタイミングで、ペンギンを抱きかかえて室内へともどった。

――どうしてベランダに？

ペンギンは好奇心からベランダに行ったのだろうか。それとも……。腕の中で暴れるペンギンを見ながら、柊也はある考えに至った。

――飛び降りようとしてたのでは？

今まで考えたこともなかったが、もし、このペンギンが今も祖父として自我を保っていたとしたら――。

そうすればさっきの行動には説明がつく。

——祖父は死のうとしていたのか。ペンギンと化したことに絶望して——。

確かめようのないことだった。それでも柊也は確信していた。

柊也は背中に一かけの氷を急に入れられたような、ぞくりとした感覚に襲われた。


「よう。おかえり」

午後三時過ぎ。柊也はアパートの石段に座り、晴が帰ってくるのを待ち構えていた。

晴は柊也を見ると気まずそうに目を逸らした。しばらくぶりに見た晴は、髪が肩のあたりまで伸びていた。着ている服のせいか、どこか大人びて見えた。

「……なに？」

と、素っ気なく訊いてくる。

「いや、最近、うちに来ないからどうしてるかなって思ってさ……」

「別に、ふつう」

晴は俯いたまま答えた。

「学校はどうだ？」

「毎日行ってる」

「楽しいか？」

「うん……」

「そうか。なら、いいんだけど……」

「……じいちゃん」

晴がすっと顔を上げた。

「え？」

「じいちゃん、元気？」

少し気まずそうに、晴は大きな瞳を向けてきた。また身長が伸びているような気がする。

「ああ、元気だよ。最近は自分で襖を開けるようになった」

「……ほんとに？」

「うん、本当。おまけに階段まで上がれるようになってちょっと困ってる」

「うそだあ」

強張っていた晴の表情が少し綻んだ。

「いや、ほんとだって。見に来いよ」

「うん……またこんどね」

晴はふたたび目を伏せた。

「……そっか」

そのまま柊也の脇をすり抜けて外付けの階段を上がっていった。

「ママにね──」

階段の中段付近で晴は足を止めて振り返った。

「ママにね、彼氏がいるの」

晴は柊也を見下ろすかたちで言った。

どんよりとした空模様だった。厚い雲の隙間から冬の低い角度の日差しが、ちょうど逆光になるかたちで晴を照らしていた。

「ママより十歳くらい歳上でね……」

柊也の位置からは晴の表情を窺うことはできない。

「働いてないけどお金持ちでね、なんでも買ってもらえるの」

真新しいおしゃれな服とブーツに目がいった。

「その人がほとんど毎日来てくれるから、そっちに行けない……行くなって……」

最後の方はほとんど消え入るような声だった。最近、昼過ぎになるとアパートの前によく止まっている白いセダンのことが頭に浮かんだ。あれはおそらく晴の母親の彼氏の車なのだろう。背後の道路から二台ほど車が通り過ぎていった。

「そっか」

柊也はおもむろに口を開いた。

「あのね……」

「よかったな」

何か言いかけた晴を遮るように、柊也は努めて明るく言った。

「よかったじゃん。いい家族が出来て」

「……」

「面倒見てくれる人がいるなら、もううちに来る必要ないな」

「えっ……」

晴は黙り込んでしまった。

「新しいお父さんに心配かけたらいけないだろ？」

「うん……」

「……それじゃあ」

柊也は立ち上がり、尻についた雪を手で払い落とした。晴はまだ何か言いたげにこちらの背中を見てきていたが、気づかないふりをして足早に帰路についた。

れた。

「お前さ、相変わらずだな」

アパートから数十メートル離れた地点、急な坂の手前で不意に後ろから声をかけられた。

振り返ると、見慣れたいけすかない顔が立っていた。

「なんだよ?」

「いや、どうしてるかなって思って」

宗像はにやにやと口元を歪めた笑みを浮かべていた。

「別に、普通だよ」

「そうか。そりゃ何より」

宗像は大して興味がないという風な口ぶりだった。

「お前、何しに来たんだよ?」

宗像と会うのは去年の秋以来だった。

「柊也の様子を見に来た」

「なんだよそれ……」

気持ちわりいな、と付け加えると、宗像はそうだな、と鼻で笑った。二人の横を大学生風のカップルが通り過ぎて行った。ちらちらと不思議そうにこちらを見てきたので、柊也は思わず目を伏せた。

「お前はさ……」

宗像はカップルを特に気にする様子もなかった。淡々といつもの嫌味ったらしい口調で話しはじめた。

「お前はさ、相変わらず大事なことから目を逸らし続けてんのな」

「……どういうことだよ?」

なぜこいつに偉そうに説教されなければならないのか、柊也には理解できなかった。

「気づいてんだろ?」

整った顔のうち口元だけを歪めて、宗像は挑発的に言ってくる。

「だから、何がだよ!」

柊也は思わず声を荒らげてしまった。

足元から犬に吠えられた。ちょうど犬をつれた中年の女が柊也の横を通り過ぎようとしていたところだった。犬の飼い主は「こら」と言って首輪につけた紐を引っ張るように、足早に坂の上に消えていった。宗像は微動だにせず、柊也に視線をぶつけてきている。

「あの子のことだよ」

「あの子？」

「晴のこと」

「は？……どうしてお前が……」

宗像の口から晴の名前が出たことに、柊也は動揺を隠せなかった。宗像は構わず続ける。

「あの子、お前に何か言おうとしていただろ？」

「何かって……」

「お前は気づいてたはずだ。でも気づかないふりをした。他人と深く関わるのが怖いんだろ？」

淡々と刺してくるような口調だった。

「いつもそうだ」

黙り込んだ柊也に、宗像は冷たい視線を投げつけてきた。柊也は目を逸らすように空を見上げた。相変わらずどんよりとしている。雪は降っていなかったが、少し冷え込んできていた。

「ほら、そうやって今も目を逸らしている」

空を見上げたまま言い返してやると、宗像はふふん、と鼻で笑った。

「……うるせえよ」

「いつもって……お前に何がわかるんだよ……」

「わかるよ。だって俺は――」

そう言って宗像は黙った。

不意に雪が降りはじめた。視界が徐々に白く染まっていき、周囲が静まり返っていった。

「――まあ、いいか。とにかくまあ――」

宗像はまた鼻を鳴らして小さく笑った。

「――ちゃんと向き合うことだ。じいさんと晴と、それから菜月とも……」

「……お前は一体何なんだ？――」

柊也の問いかけに答えることはなく、宗像は目の前の坂とは反対方向へと歩いていった。柊也はしばらくその背中を目で追っていたが、雪が作る白い視界に遮られてすぐに見えなくなった。ぼんやりと立ち尽くしていると、柊也の横をものすごいスピードで白いセダンが走り抜けていった。

三月に入っても、雪は絶え間なく降り続いていた。毎朝起きると積もっているので、柊也は家とアパートとの往復を繰り返して除雪作業を行った。

朝にアパートに行くたびに、登校する晴とすれ違った。

「おはよう」と柊也が声をかけると、晴は俯いたまま小さく「おはよ」と気まずそうに返すだけで、そそくさと行ってしまうのだった。

――あの子、お前に何か言おうとしていただろ？

すれ違うたびに宗像の言葉が脳裡をよぎった。しかし、どうしても踏み込む勇気がもてなかった。

その日は朝から雪が絶え間なく降り続いていた。テレビのニュースをつけると大雪警報が出されていた。もうじき四月になるとは思えないくらいに冷え込んでいる。布団から出るのが億劫になる程の寒さだったが、柊也は思いきって身じたくをはじめた。布団に包まっていようとも考えたが、外に出て身体を動かしていた方が気分を紛らわせることができる。

家とアパートの雪片付けに追われ、朝やったのにもかかわらず、夕方またアパートに赴かなければならないほどの量の雪が、絶え間なく降り続いていた。ペンギンは相変わらず二階へ上ってくることを繰り返していて、その度に柊也の手によって一階の和室へと連れ戻されていた。

「なあー。いるんだろお？」

午後五時。除雪のためにアパートの近くまで足を運んで来た時だった。ドンドンと乱暴に扉を叩く音と男の大声が聞こえてきた。

「そこにいるのはわかってんだぞお？　おい！　聞いてんのか？　菜月！」

──菜月。

どきりとした。咄嗟に柊也はかがんで、石段の陰に身を潜めた。

ちらりと様子を窺うと、一〇一号室の前で顔の長い金髪の男が喚き散らしていた。男は痩せぎすの長身で、薄汚れた黒い革ジャンにダメージジーンズという出で立ちだった。貧相な馬みたいだなと、柊也は思った。

菜月、というのは土田菜月のことで間違いないだろう。菜月は、在宅なのだろうか。

「おいおい……そっちがその気ならさあ！」

馬面《うまづら》は扉に向かって体当たりし始める。男は細い体軀で何度も遠慮なしに扉にぶつかる。

——まずい。

病的にやせ細った男の、三回目の渾身のタックルで、扉は破られてしまった。

それとほぼ同時に菜月の悲鳴が響く。

柊也はアパートに向かい駆け出していた。無我夢中だった。

「おい！」

狭い八畳間のアパートの中では馬面が菜月の髪を掴んで引っ張り回している最中だった。

「あ？　何、なんなのおたく？」

馬面は虚ろな目で玄関に立った柊也を睨んだ。

「ダメ！　来ないで！」

菜月が叫ぶ。殴られたのだろうか。左の頬が赤く腫れ上がっている。

怖かった。馬は不健康に痩せていたが、背は高く、何より目付きに不穏な色を帯びている。

それでも——と柊也は覚悟を決めた。

馬面にタックルを食らわせる。馬はよろめいて菜月の髪を離したがそのまま膝蹴りを柊也の鳩尾《みぞおち》に食らわせた。

「うげぇっ」

　口から胃液が飛び出る。

　馬面は見た目よりよほど力があるようだった。筋力があるというよりは、人に暴力を振るうのをためらわない、理性のタガが外れているように思えた。

「なんなんだよぉ？　おめえはよお」

　悶《もだ》え苦しむ柊也の胸ぐらを摑み睨んでくる。

　至近距離でみると馬というよりまるで病気のロバのようだな、と柊也は思った。

「やめて！　その子は関係ないじゃん！」

　菜月が馬の足にすがりつく。

「うるせえ！」

　男はそのまま菜月の頭を蹴り上げた。菜月は部屋の隅に転がった。

「よくも邪魔したなあ……ああ？」

　男は革ジャンのポケットからナイフを取り出した。刃渡り十五センチほどのそれは、薄暗い部屋の中で妖《あや》しく煌《きら》びやかに光っていた。

「おれから逃げてえ、若い男作ってたワケ？」

　違う、と否定しようにも声が出せなかった。菜月も部屋の片隅でうずくまって動かない。

「ダメだろうがあ……。人のもん盗《と》っちゃさあ……」

馬はひたひたと、柊也の首筋に冷たい刀身を当ててきた。

——死ぬ。

柊也がそう悟った時だった。

眼下に一瞬、閃光《せんこう》が走った。

赤く小さなそれは、煙を出しながらちょろちょろと柊也とロバ男の足元を走り回った。

「うおっ？　なんだこれ？」

男が驚いて一瞬手を緩めた。

「うおおおおおおお」

柊也が雄叫《おたけ》びを上げて渾身のタックルを食らわせる。

「ぐおっ」

ロバ男はよろめいて足を滑らせた。頭を戸棚の角にぶつけてそのまま倒れ込む。どうやら気を失ったようだった。

「大丈夫？」

菜月が駆け寄ってきた。

「大丈夫っす……」

全然大丈夫ではなかったけれど、虚勢を張るように力なく笑ってみせた。

「シュウ……」

涙目になった晴が、柊也の顔を覗き込んできた。

「晴……。あの光、お前が？」

晴は頷く。その手にはブルから貰った花火セットの袋があった。さきほど足元に走った赤い光。どうやらそれは、ねずみ花火だったらしい。

「花火……一緒にやる約束、忘れてたから……それでシュウの家に行ったらいなくて戻って来たの。そしたら音がして……」

小さな身体を震わせながら、晴は説明してみせた。

「……冬の花火もいいもんだな」

柊也がそう言うと、晴の表情が少し和らいだ。

何ヶ月ぶりかに見る、晴の笑顔だった。

菜月が警察の事情聴取から帰ってきたのは、その日の午後十一時だった。

警察が来る前、菜月は柊也に今すぐ立ち去れ、と助言した。警察に厄介になるのはまずいんでしょう? と。

柊也は晴とともに一旦、一〇一号室から立ち去った。

「いやあ、明日も事情聴取だってさ」

顔に湿布を貼った菜月が、うんざりしたように言う。

深夜一時過ぎ。明かりのついていない一〇一号室に、柊也と菜月は二人肩を寄せ合い座っていた。

扉は壊れたままで、立てかけているだけの状態だった。隙間風が冷たい。男は気を失っていたものの、命に別状はないらしい。死んでくれたらよかったのに、と菜月は吐き捨てるように呟いた。

しばらく静寂が暗い部屋に流れた。柊也はぼんやりと天井を見上げて二〇三号室にいるであろう晴に思いを馳せる。

——怖かったろうな。ちゃんと眠れているだろうか……。

そんなことを考えていると不意に菜月が手を握ってきた。ひどく冷たい手だった。

「昔の男でさ……」

菜月は訥々と語り始めた。

「養ってくれるのは良かったんだけど、暴力野郎でさ……」

柊也はぼんやりと、菜月の横顔を見つめていた。窓の外から差し込んできた、外灯の光に照らされたその横顔は、どことなく神秘的に見えた。

「それで親のとこに逃げたのはいいけどさ、昔から親父とはソリが合わなくて……それで口喧嘩になって……」

消え入るようなか細い声だった。

「バカなことしちゃったなあ……」

あはは、と菜月は乾いた笑い声を漏らした。

「けっきょくあたしは、ジャンプしてもダメだった」

諦めたように言って、タバコに火をつけた。

「少年はさ。いつかジャンプしなきゃだめだぞ。それでちゃんと戻ってくること……」

いつか聞いた気がした言葉だった。

「菜月さん……」

暗闇の部屋に甘い香りが充満していった。

柊也が起きると、菜月はもういなかった。

ちゃぶ台の上にはこれまで滞納した家賃が入った茶封筒が置かれていた。

窓の外の庭へと目を向ける。

雪化粧された桜の木の下に埋まったそれに、思いを馳せる。

12月24日

クリスマスイブだった。昼間にユウナちゃんの家に呼ばれて、みんなでクリスマスパーティをした。楽しかった。

家に帰ってから、三人でレストランに行った。とても高級なレストランで、味はしなかったけれどママが幸せそうなのを見て、私もうれしかった。そのあとは三人でホテルに泊まった。

ふと、シュウはどうしているのかなって思った。

友達とかあの女の人と過ごしているのかな。でも、なんとなくそれはちがうような気がした。たぶん、ペンギンと二人きりで過ごしているんじゃないかって思った。

だとしたら、すごくわるいことをしたなって思う。昼間だけでもさそいを断って、シュウとペンギンといっしょにいたほうがよかったんじゃないかって。

シュウはこどくな人だった。シュウに比べたら私はとてもめぐまれているはずだ。そう思ったら、長い夜もたえられそうな気がした。

それでも、シュウに会いたかった。でも、どんな顔をして会えばいいのだろう。シュウをきょぜつしてしまったのに。

1月7日

久しぶりにシュウの家の前まで行ってみた。でも、どんな顔をして会えばいいのかわからなくて、けっきょくひきかえしてしまった。

1月18日

ハルはいなくなってしまったけれど、私はなんとか一人でやれている。

ハルは私が困ったときに、いつも現れてくれた。ハルが出ているあいだ、私はくうちゅうにうかんだたましいのようになって、私の様子を見ていた。私に起きていることを、ひとごとのようにかんさつすることができた。今ハルはいない。だから私は私の様子を見ることができない。

今、私はどんな様子なんだろう。

それを知ることはできなくなってしまった。

2月3日

だいじょうぶ、まだだいじょうぶ。

今までつらいとき、ハルにかたがわりしてもらってきたのだ。ハルがいなくなってしまったのは、たぶん私じしんのせいだから。シュウと出会って、それから友達が出来て、私はハルを必要としなくなってしまったのだ。

だから私は一人、たえなければならない。

自分とママのしあわせを守らないと。

2月6日

学校から帰ってくると、シュウがいた。

久しぶりに話せてうれしかったけど、ちょっと気まずくてなんだかはずかしかった。シュウはおこってないようで、すこし安心した。なんとなく足が遠のいてしまっていたけれど、またペンギンに会いにいきたいと思った。

シュウと話していると、安心できた。だから、思わず全部うちあけてしまいそうになった。

新しい家族のこと。長くてこどくな夜のことを――。

でもそれをしてしまったら、全部がこわれてしまう。ママのしあわせがこわれて、いっしょにくらせなくなってしまうかもしれない。

あまえたくなる気持ちを、なんとかおさえこんだ。

新しい家族になる人のことを話すと、シュウは「よかったな」と言ってくれた。その人から行くなって言われていることを伝えたけれど、シュウは「うちに来る必要ないな」と言った。ちょっとさびしそうな顔で。

私はこうかいした。

これでもう、シュウの家に行けない。私は完全ににげばを失ってしまったのだ。たえなければ。一人でたえないと。

ボイスレコーダーの書き起こし
前原《まえはら》由紀乃（旧姓高木）

──なんなんですか、いきなり……。その、よくわからないです。事件のことと言われても私、そもそも関係ないですし。

──同級生ですし、顔見知り程度というか。その二人と話したことなんて、あったのかなって。……誰に訊いたんです？　私の連絡先。

──たしかに、私のそういう画像が流れたのは事実ですけど……。それは一体誰から訊いたんです？

──私は被害者ですよ。ネットに出回ったものって、一生残り続けるんです。今もたまに発作が起きたように、ネットをあちこち探し回ることがあるんです。自分の写真が出回ってないか、確かめるために。今でも、カウンセリング受けているんです。

――私、わからないです。そんな昔のこと。忘れました。忘れて生きていくものでしょ？　何が本当に起きたかなんて、そんなこと誰にもわからないじゃないですか。

――鳴海くんが今どこにいるのか？　知るわけないでしょ。

――もういいですか？　これから子供を習い事に連れていかなきゃいけないんです。あんまりしつこいと警察呼びますから。


三月下旬。茶封筒を残し、菜月が姿を消してから二週間ほど経っていた。柊也の日常はさらに空虚なものになっていた。気温が上がり雪も溶け始め、無心に雪かきをすることもできなくなっていた。ペンギンは相変わらず日に何度も二階に上がってきていた。

菜月も晴もペンギンも、一体何を考えているのか、柊也にはまるで理解が出来なかった。

――それは、お前がわかろうとしていないだけなんじゃね？

だだっ広い空っぽの家のどこからか、宗像の声が聞こえてくる気がした。こういうことが最近増えていたのだ。

「うるせえよ……」

柊也は掠れた声で小さく反論してみるも、それに対する反応が返ってくることは一度もなかった。

——解ろうとしていないだけ……。

宗像の言葉は悔しいが的を射ているように柊也には思えた。


柊也は毎日アパートを訪れていた。夕刻ごろ菜月が帰っているのではないかと、淡い期待を抱いて来てみるも、菜月の姿はどこにも見当たらなかった。

その日も一〇一号室の部屋に明かりは点っておらず、微《かす》かな期待は一瞬で裏切られた。

アパートの前にはいつものように白いセダンが止まっていた。最近では止まっていない日はない。晴の母親の彼氏は、足繁く通っているようだった。

いつもならすぐに帰るところを、その日はなんとなく石段に腰を下ろしてみることにした。長い冬がようやく終わり、春に向かう季節。雪解けしてきた地面からは空き缶やタバコなどのゴミが顔を覗かせていた。

時刻は午後五時過ぎ。日は随分と長くなってきた気がするが、日の入り前と日の出前はまだまだ冷え込む。静かだった。なぜだか周囲に人の気配はなかった。

柊也がぼんやりと川の流れる音に耳を澄ましていると、不意に頭上からどん、という物音が聞こえてきた。何かが倒れたかのような音だった。柊也は振り返ってアパートを見上げる。視線は自然と二〇三号室にいった。

明かりはついていなかったが、セダンがあるので晴の母親の彼氏がいることは確かなはずだ。

胸騒ぎがした。

柊也はゆっくりと立ち上がって、なるべく足音を立てないように外付けの階段を上がっていく。一段上がるごとに心拍数が跳ね上がっていくようだった。

二〇三号室の前に着くと、柊也は立ったまま表札を見遣った。糸川と丸っこい字で書かれている。やはり明かりは点いておらず、中からは物音一つしてこない。

少し逡巡してから、柊也はドアノブに手をかける。鍵はかかっておらず、ゆっくりと回すことができた。

ゆっくりとドアを開けると、理解しかねる大きな物体が目に飛び込んできた。

八畳一間の和室。その狭い空間の大半を占有するように、大柄な男がうつ伏せになっていた。

男は白いランニングシャツに白いブリーフで、頭頂部が薄くなった頭を玄関側に見せる形で倒れていた。男の下から血が流れているようで、畳の大部分が赤黒く染められていた。血は畳を伝い玄関まで流れてきており、框から三和土にぽたぽたと伝い落ちていた。

それを踏まないようにして、柊也は部屋の中へと一歩足を踏み入れた。

「あ。シュウ」

晴が声をかけてきた。

本棚の陰に隠れるようなかたちで座り込んでいたため、玄関からでは姿が見えなかった。

「晴、お前……」

柊也は息を呑んだ。

晴の手には刃渡り二十センチほどの文化包丁があった。晴は血がべっとりとついた包丁を両手で握ったまま、焦点の定まらない目で見つめてきた。

状況に困惑したまま、どう言葉をかけてよいのかわからなかった。そのまま立ちすくんでいると、晴の足元にあった分厚い本が目に入ってきた。柊也は何気なしにそれを手に取った。

茶色い革張りの表紙に、見覚えがあった。たしか以前、晴が家に来ていたときに、何やら熱心にそれに書き込んでいたことがあった。日記なのだと言っていた。

ぱらぱらと頁をめくっていくと、柊也は思わず息を呑みこんだ。

「えっと……これ、ね」

不意に、か細く震えた声が聞こえてきた。

ぴくりとも動かない醜い肉の塊に目線が動いた。すでに息は絶えているようだった。

「急に、なんか……びっくりして……」

――急にってどうしたんだよ。

柊也は声を出すことが出来なかった。

「だってほら、ママに赤ちゃんができたし」

――一体いつから？

「あたし、お姉ちゃんになるから。だから、我慢しないと……」

――なんでそうなるんだよ。

「家族で幸せにいるために……あたしが我慢すればいいだけだから……」

――違うだろ。

「だから、その……ごめんなさい」

——なんで謝るんだよ。

日記に書かれていたことから、晴がずっと理不尽に耐えてきたのだと察することが出来た。

晴は自分と似ていると、柊也は思った。

柊也は気がつくと晴の元に歩み寄っていた。

晴は血の気の引いた顔で、柊也を見上げた。

「ごめんな……」

伝えたいことは山ほどあるはずなのに、結局言葉に出来たのはそれだけだった。

柊也は晴の手から包丁を奪い、自らの手で握りしめていた。

当時の新聞の切り抜き

4月3日

事件面

四季ヶ原河原一丁目20－5で、男性が刺殺された事件で、警察は出頭してきた17歳の少年から任意で事情聴取を続けている。

殺されたのは自営業丸山梅法《まるやまうめのり》さん（48）

丸山さんは交際していた女性宅の犯行現場のアパートの一室で、胸を包丁で刺されて亡くなっていた。第一発見者は交際相手の女性で、女性は夜勤から帰宅したところだった。

少年は現場のアパートを経営する祖父の孫であり、金品目当てでマスターキーを用い侵入したところを丸山さんと鉢合わせになり、咄嗟に犯行に及んでしまったと自供している。

事件発生時アパートには丸山さんと女性の10歳になる長女の二人だけで、長女は事件発生時別室で眠っていて気がつかなかったという。

少年と同居していたアパートの大家である祖父は現在行方不明となっており、警察では祖父の行方を含めて、少年の取り調べを継続している。

ボイスレコーダーの書き起こし
鳴海柊也の取り調べ担当刑事の甥

――叔父は絵に描いたような刑事でしたからね。そういう仕事で知り得たことは、身内にも絶対漏らさないような人でしたよ。

——今？　ああ、今は老人ホームに入ってますよ。定年して、叔母に先立たれた途端一気に呆《ぼ》け始めちゃって。息子夫婦はこっちにいないでしょ？　だから必然的に僕が色々面倒見るはめになっちゃって。

——しかし叔父を見ていると、つくづく老いるのは嫌だなあって、そう思いますよ。僕が面会に行くたびに、めそめそ泣くんですよ。あんなに厳格だった叔父が。しかも僕のことを自分の息子だと勘違いして。「よく会いにきたな」って。いやあ、何ともやるせないですよ。

——はいはい、あの事件についてね。今言ったように、叔父は絶対に仕事のことを漏らさないような人だったから。でも認知症が進んできて、昔関わった事件のことをぽろぽろとこぼすようになったんです。僕が面会に行くとね、訊いてもいないのにそういうこと嬉しそうに話し始めるんですよ。たぶん、自分の仕事を自慢したいんでしょうね。男なら気持ちがわからないこともないんだけれど、果たしてそういうの聞いちゃって大丈夫なのかなって、ちょっと心配になりますよね。ま、認知症だから仕方がないか。

——あの事件については、ちょうどこの前話していましたよ。僕は違う高校だったけど、やっぱり同年代が起こした事件ってことで、当時は話題になってましたからね。妻なんか同級生……と言っても犯人とは関わりがなかったみたいですけれど。

――はい。叔父が言うには、何とも奇妙な事件だったと。アパートの裏庭から出てきた二人分の白骨。一つはアパートに入っていた女の父親のもので、それを埋めるのを鳴海柊也が手伝ったとか。問題はもう一つの白骨。それが鳴海柊也の父親のものだった。どうしてそこに埋められていたのか。父親の遺体に関して、鳴海柊也はわからないと頑なに口を噤《つぐ》んだとか。

――それから最大の謎が、祖父鳴海秋雄の行方だと言ってました。今も見つかっていないんでしょう？　鳴海柊也が殺したとして、遺体がどこからも見つからないのはおかしな話です。一体、どこへ隠したのか……。叔父は本当に不思議そうにしてました。

――はいはい聞きましたよ。鳴海柊也は「ある朝起きたら、祖父がペンギンになっていた」って言ったんでしょ？　馬鹿げた話ですよ。頭がおかしくなったふりをして、罪を免れようとでもしたんですかね。「変身」じゃあるまいし……。でも、本人は最後まで頑なにそう主張していたらしいですよ。それで最後まで祖父を殺したとは言わなかった。別の殺しは認めたくせにね。結局、彼が問われた罪は一つだけだった。祖父のことも、父のことも、それから宗像って今も失踪したままの同級生のことも、彼の仕業とは認められないまま終わった。

――叔父は心底悔しそうでしたよ。僕はてっきり、別の二つの事件に関わっていることを立証できないことに対する悔しさなのかと思い訊ねました。でもそれは違ったんです。叔父は鳴海柊也が唯一自身の犯行だと認めたものが嘘だったのではないかと、最後まで疑っていたようだったんです。

――ええ。叔父によると、犯行現場にはいくつかの不自然とも思える点があったようです。例えば現場にあった凶器の包丁の柄に、鳴海柊也の指紋しか付着していなかったこと。包丁は犯行現場の家のものだったので、だとしたらその家の人の指紋も検出されなければならない。そのことについて「証拠を隠滅しようと、柄を一旦拭き取ったが充分ではなく自分の指紋が残った」と犯人は証言したらしい。その他にも刑事の目には僅《わず》かにですが不自然に思えるような点があったようです。

――はい。でも結局は犯人が自らの犯行を認めていることと、物的証拠があったことから立件されることになりましたが。

――本当のところ？　さあ、私みたいな素人《しろうと》にはわからないですけど、それでも叔父は今でも疑っているようですよ。

――鳴海柊也の行方？　さあ……そういうのって警察も把握していないんじゃないですかね。一応、少年法で守られているでしょ。名前とか変えて、どっかでのうのうと生きているんじゃないですかね。

久しぶりに訪れた街は、いくつかの見慣れた風景を残しつつも、つぎはぎのようにあちこち新しくなったり古くなっていた。

私はかつて四季ヶ原と呼ばれていたこの街を歩いて回った。細い糸を辿るように、何人かの人に訊ね回ってみたけれど、結局彼を見つけることは叶《かな》わなかった。

かつてペンギンと二人で過ごしたシュウの家にも行ってみたけれど、そこは手入れがまったくされていない、廃墟と化していた。アパートの方も同様で、人が住んでいる気配はなかった。

結局、何一つ摑めないまま、私は四季ヶ原を後にした。

帰りの新幹線の中で、私は再び日記を開いた。

かつて私は自分を守るために、ハルというもう一人の自分ともいえる分身を作り上げていた。四季ヶ原でシュウとペンギンになったおじいさんと過ごすうちに、ハルはいなくなってしまった。古びた紙には、その日々が拙《つたな》い字で鮮明に記されている。どうしておじいさんがペンギンになったのか。どうして私たちはそれを事実として素直に受け入れていたのか──。それは今でもよくわからない。

ただ一つ言えることは、それは多分退化ではなく、進化だったのではないか──ということだ。

日記の最後の頁には、私のものとは違う、別の拙い文字が刻まれている。私はそれを指で愛おしくなぞってみる。

『晴へ。

今まで気がついてやれなくて、ごめん。

もっとちゃんと話を聞いてやればよかったって、後悔している。

ずっと苦しかったと思う。だから、架空の友達を、別のハルを作っていたんだろう。わかるよ。おれも同じだから。

おれはずっとじいちゃんに守られて生きてきた。それはたぶん、じいちゃんがペンギンになった後も、ずっと。

でも、ずっと守られっぱなしじゃダメだよな。だからおれ、お前を守ることにした。

大丈夫、心配ないから。全部おれが背負うから。お前は悪くない。この日記も見つからないように破いて、燃やしてしまってほしい。

なあ、晴。

ペンギンってさ、飛べるんだよ。

嘘じゃない。本当だ。さっきこの目で見たんだ。

ペンギンが空に飛んでいったんだ。

晴にも見せてやりたかったな。

なあ、晴。

おれもいつか飛べるかな。』

ふと窓の外を見ると、どこまでも変わり映えしない、どこにでもあるような景色が延々と流れていっていた。

よく晴れた空にペンギンでも飛んでいないかと期待して見上げてみたものの、間もなくトンネルに入ってしまった。

当時の新聞の切り抜き
4月3日
文化面

4月1日。四季ヶ原各地で謎の鳥が飛んでいるのが相次いで目撃されており、新種の鳥なのではないかと話題になっている。

目撃者の証言によると、その鳥は丸々とした、まるでペンギンのような形をしているというが、いまだはっきりとした画像で撮影されたものはない。

春

柊也は夢を見ていた。
古い記憶だ。
どこだかよくわからないが飛行場のような場所だ。
まだ幼い柊也を連れて、祖父が頭上の空を見上げている。
蒼穹《そうきゅう》のもと、白いセスナが飛んでいる。
柊也が手を振ると、それに気づいてくれたのか何度も旋回して見せた。
柊也が祖父の顔を見ると、どこか憧れを抱いた少年のような顔をしていた。

目が覚めたとき、時刻は七時半を過ぎていた。携帯の日付は四月一日を示している。
久しぶりにカーテンを開けてみると、穏やかな春の日差しが差し込んできた。雪はほぼなくなっている。この後また降る可能性がないわけではないが、積もることはないだろう。

今日朝一で警察に出頭することは昨日の晩から決めていたことだった。そういえば今日はエイプリルフールだったなと、顔を洗いながら思い出していた。

晴のために、嘘をつき通さなければならなかった。晴の日記の最後の方にメッセージを書いて、先ほどアパートのポストに入れてきた。晴が黙っていればあとは大丈夫なはずだ。

洗面所から戻る時、和室に顔を出すと、そこにいるはずのペンギンの姿は見えなかった。

戸棚にはずっと前にペンギンが産んだ卵が一つ置かれていた。二つあったはずだが、一つはいつのまにかなくなっていた。

柊也はおもむろに残された手のひら大の卵を手にとった。

——また二階に行ったのか？

卵を手にしたまま、柊也は慌てて階段を駆け上がった。

二階のリビングへ入ると、ベランダの窓が開け放たれていることに気がついた。見ると柵の間にペンギンがぽつんと立っていた。その視線は晴れた空へと向けられている。

――止めないと。
咄嗟に身を乗り出しかけた、その時だった。
――退化じゃなくて、進化なんだって。
かつて晴が言った言葉が、突然脳裡に浮かんできた。
晴の自由研究を手伝っていたときだった。
――ペンギンが飛べないのは進化したからなんだって。
と興奮しながら言ってきたのだ。
――飛べなくなったのは海の魚を採るために進化したからなんだって。
少女はうきうきと話した。
――つまり、泳ぎたいから進化したの。だからさ――。
少女は目を輝かせながら言った。
――ペンギンも今から飛ぼうと思えばきっと飛べるようになるんだよ――。
世紀の大発見とでも言いたげに、少女は断言していた。
なぜ、今このことを思い出したのだろうか。
目の前では昨日干したシーツが風に揺れている。
――飛ぼうとしているのか？

柊也は思った。

ペンギンは、目の前の祖父は今まさに飛ぼうとしているのだと。

かつてあこがれた蒼穹を駆け抜けるために。

そのためにペンギンになったのだ。

高木由紀乃の祖母と同じように、自分の意思を持って行動した。それが自らの変容だったのだと。

飛ぶために。

柊也は思う。

祖父はその背中を孫の自分に見せているのではないかと。

いつか飛ばなければならないと。非日常に飛び込んで、そしてまた日常に戻るために。

自分にできるだろうか、と柊也は不安になった。晴を守るために嘘をつき通せるのだろうか。かつて祖父がそうしてくれたように。

祖父がベランダから飛び出そうとしている。

でもそれを柊也は止めない。止めることができない。

ペンギンが、宙にむかって羽ばたく。

諦めと心地よい絶望に包まれながら、柊也はその顚末《てんまつ》を見届ける。
強い風が吹き抜けるのと同時に、手の中の卵が割れる。

この作品は2020年9月に徳間書店より刊行された『人鳥クインテット』を改題し、加筆・修正したものです。

なお、本作品はフィクションであり、実在の個人・団体などとは一切関係がありません。

徳間文庫

ペンギン殺《さつ》人《じん》事《じ》件《けん》

2023年11月15日 初刷

著者 青《あお》本《もと》雪《ゆき》平《ひら》
発行者 小宮英行
発行所 株式会社徳間書店
東京都品川区上大崎三－一－一 〒141－8202
目黒セントラルスクエア
電話 編集〇三(五四〇三)四三四九
販売〇四九(二九三)五五二一
振替 〇〇一四〇－〇－四四三九二
印刷
製本 大日本印刷株式会社

ISBN978-4-19-894902-0 （乱丁、落丁本はお取りかえいたします）

転校を繰り返す小学生の礼恩が、行く先々で出会うクラスメイトは嘘つきばかりだった。

なぜ彼らは嘘をつくのか。

友達に嫌われてもかまわないと少女がつく嘘。

海辺の町で一緒にタイムマシンを作った友達の嘘。

五人のクラスメイトが集まってついた嘘。

お母さんのことが大好きな少年がつかれた嘘。

主人公になりたくない女の子がついた嘘。

さらにはどの学校でもバールについての噂が出回っているのはなぜなのか。

やがて礼恩は、バールを手にとり――。

バールの正しい使い方

青本雪平

単行本／電子書籍